カティンの森のヤニナ

独ソ戦の闇に消えた女性飛行士

小林文乃

河出書房新社

カティンの森のヤニナ

独ソ戦の闇に消えた女性飛行士

✣

目次

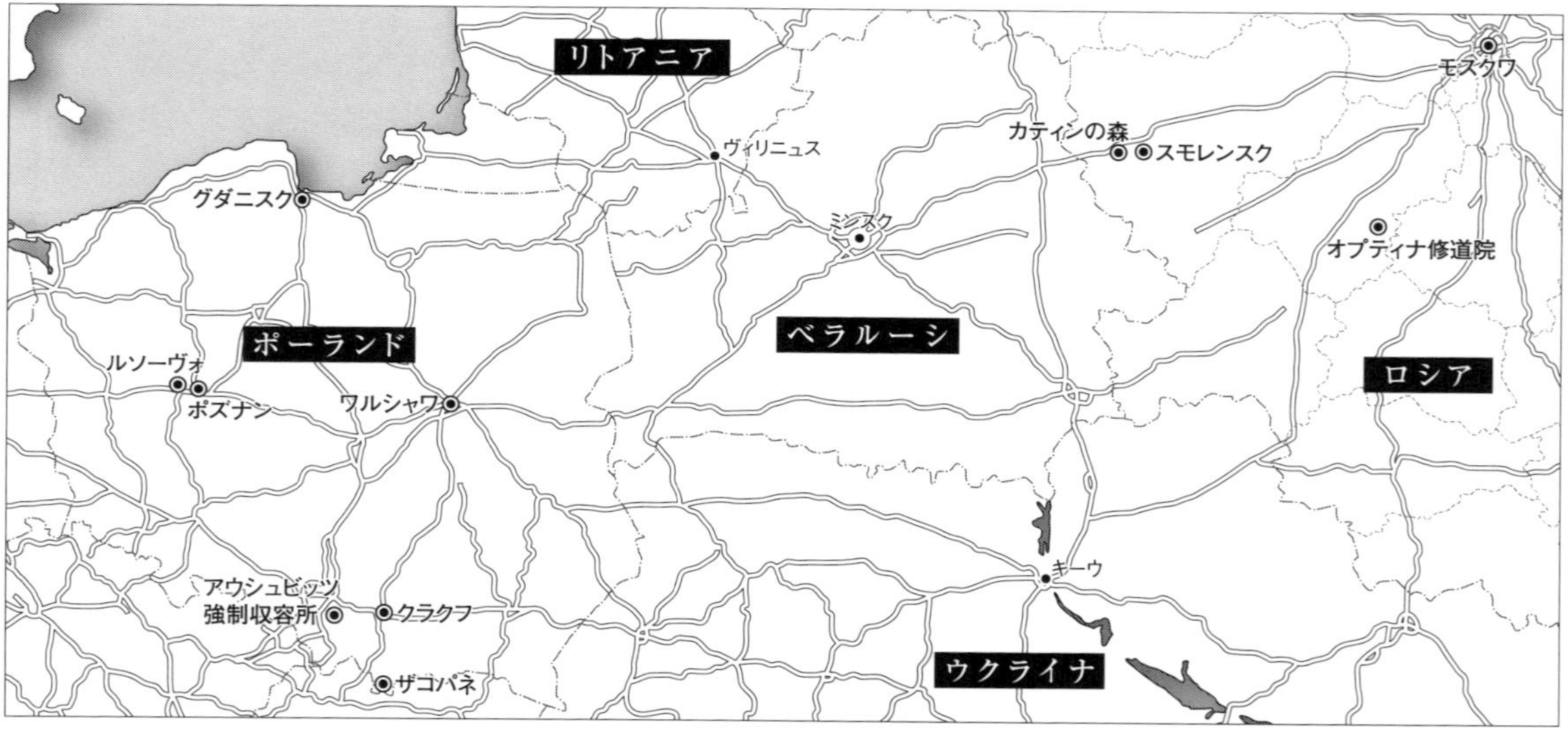

リトアニア
モスクワ
カティンの森
スモレンスク
ヴィリニュス
グダニスク
ミンスク
オプティナ修道院
ポーランド
ベラルーシ
ロシア
ルソーヴォ
ポズナン
ワルシャワ
キーウ
アウシュビッツ
強制収容所
クラクフ
ウクライナ
ザコパネ

カティンの森のヤニナ

独ソ戦の闇に消えた女性飛行士

飛行機、白く一番美しい鳥、
遠くへ、雲の灰色より上へ――
イナゴのような翼を持つ。
勇敢な鷲のよう。
目は男性の心臓のよう。

マリア・パヴリコフスカ＝ヤスノジェフスカ（1894-1945）
戦間期ポーランドで活躍した女性詩人

プロローグ

一九四三年四月下旬、スモレンスク近郊の森の奥深く。

天気はこの時期のロシアにありがちな薄曇りで、四月とはいえ、時おり肌を刺すような冷たい風が吹き付けていた。

ある一団が、森のなかに空いた巨大な穴を覗き込んでいる。穴の内部はおびただしい死体で埋め尽くされていた。遺体は押し潰され、腐敗し、辺りは異臭に包まれている。

すべての遺体は、ポーランドの軍服を着ていた。そしてそのどれもが、一発の銃弾で頭部を撃ち抜かれているのだった。

この時に発見された穴は合計八つで、深さは二〜三メートル。どの穴も同じような状態で、掘っても掘っても遺体が次々と地中から出てくる。

その作業にはきりがなく、永遠とも思えるような時間だった。

少し離れた場所からは独立した二つの小さな穴も見つかり、そのなかからは完璧な軍装姿の将軍数名の遺体も掘り起こされる。軍用認識票や身分証明書などから、それらの遺体すべてが、約三年前から行方不明となっていたポーランド人将校たちであることが判明した。

この時、森に集っていたのは大規模な国際調査団の一行だったが、じつはそのなかに、ポーランド地下組織のメンバーも数名紛れ込んでいた。

そのひとりであったユゼフ・マツキエヴィチは、ポーランドに帰国した直後の一九四三年六月三日、占領軍お抱えの定期刊行物“Goniec Codzienny”に、「目でみてわかった」と題したインタビュー記事を発表した（このインタビューにより、ポーランド労働者党はユゼフ・マツキエヴィチに対して死刑判決を下している）。

インタビューのなかで彼は、ポーランド人将校らの殺害現場の様子をこう表している。

> 想像してみてください、何千人もの遺体がそこにはあって、それが皆、制服を着たポーランド人将校たちなのですよ。
> このおぞましい瞬間、私の脳裏には恐ろしい比較物がよぎりました。イワシの入った大きな箱です。こっちに足、こっちに頭と交互に並べられ、圧縮され、死体から出た汁に浸され、ぺちゃんこになっている。その液は幾つかの穴のなかでは緑色の死んだ浸出液になっていて、木の梢も空の雲も反射しない。
> 突然、ジャーナリストの一人が指をさし、ひとつの遺体に皆の注意を向けさせせました。
> ——女性?!——

そこに横たわっていたのは、サイズの合わない軍服を着て、押し潰された、しかし確かに女性と思われるひとつの遺体だった。

なぜこんな場所に、女性の遺体があるのだろうか？　調査団は首を傾げた。それはあまりに不可解な光景だったからだ。その場に居合わせたドイツ人の法医学者は、個人的な興味から、その女性と思われる遺体の頭蓋骨を現場から持ち帰ることにした。

戦後ながらく、独ソ戦のミステリーと呼ばれた「カティンの森事件」は、こうして幕を開けたのである。

「カティンの森事件」とは、第二次世界大戦中にソ連の捕虜となっていた、約二万二〇〇〇人とも、二万五〇〇〇人ともいわれるポーランド人将校らが、大量虐殺された事件の総称である。

当時はドイツ領となっていたスモレンスク近郊の森のなかで、おびただしい数の遺体が地中から掘り起こされたのだ。

ポーランド映画の巨匠アンジェイ・ワイダ監督によって、二〇〇七年に公開された映画『カティンの森』で、その事件の名を初めて耳にした人もいるかもしれない。

ワイダ監督は、この事件に特別な思い入れがある。彼の父親もまた、この事件で殺害されたポーランド人将校の一人だったからだ。

数千人に及ぶ将校の遺体がカティンの森から発見された。しかし、そのなかにたった一人だけ女性の犠牲者がいたことは、ほとんど知られていない。

彼女の名前はヤニナ・レヴァンドフスカ。所属はポーランド空軍であり、当時としてもめずらしい女性パイロットだった。戦前から優秀な飛行士として活躍し、ヨーロッパ人女性として初めて、高度五〇〇〇メートルからのパラシュート降下を行った人物だとされている。

ヤニナがカティンの森で非業の死を遂げたとき、彼女は三十二歳だった。悲しいことに、ヤニナの殺害された日は、彼女の誕生日当日だったといわれる。

この「カティンの森事件」がミステリーとなったのには理由がある。ソ連、ドイツ両国が、それぞれ相手を真の殺害犯であると主張し合ったからだ。

発見された遺体はすべて、ドイツ製の弾丸によって頭を撃ち抜かれていた。しかし、遺体の手を結んでいた縄はソ連製だった。では一体、誰が彼らを殺したのか――?

「カティンの森事件」の真相は独ソ戦の闇にまぎれ、戦後のポーランド国内でこの事件について口にすることはタブーとなった。

真の犯人が明かされるまでには、事件発生から五〇年もの時を要することとなる。

一九三三年から四五年までのわずか一二年の期間に、ポーランド中央部からウクライナ、ベラルーシ、バルト諸国、ロシア西部にかけての地域で、ドイツとソビエト連邦によって死に追いやられた人の数は、推計一四〇〇万ともいわれている。

アメリカの歴史学者であるティモシー・スナイダーは、この地帯を「ブラッドランド（流血地帯）」と名付け、人類最大級のモラルハザードとも呼ぶべき両大国の大量殺戮の実態を、著書のなかでつまびらかにしている。

ホロコーストという言葉を聞くと、日本人が真っ先に思い浮かべるのは、アウシュビッツなどの強制収容所におけるユダヤ人虐殺だろう。犠牲になったユダヤ人は五〇〇万人とも六〇〇万人ともいわれるが、実際はこの時期の流血の一部でしかない。

第二次世界大戦でポーランドは、約三〇〇〇万人の国民のうち六〇〇万人を殺害されたといわれている。カティンの森事件も、数でいえばそのほんの一部だ。

しかし、この事件はポーランド国民にとって、いまも極めて重要な意味をもっている。現政権とも深い因縁で繋がっており、戦後から現代まで続くポーランドの歴史に及ぼした影響は、計りしれないのだ。


十八世紀以降、幾度にもわたって他国から分割され、その度に不屈の精神で復活してきたポーランド。この国のことを人々は「中欧の不死鳥」と呼ぶ。

二〇一九年六月末、私は単身ポーランドへ旅に出ることを決めた。

ワルシャワからクラクフ、グダニスク、ポズナン、そしてヤニナ・レヴァンドフスカの失われた頭蓋骨の行方を追って、彼女の故郷の村へ――。その後、私はロシアへ入国し、捕虜収容所のあった場所から、終着地であるカティンの森へと辿り着く。

あの時代に、彼女はなぜ空をめざしたのか？　飛行機の黎明期、そしてポーランドの航空史は、ひとりの女性の人生とぴったり重なり合っている。ヤニナを巡る旅は、やがて知られざるポーランド空軍の歴史をひも解く旅ともなった。

そのなかで私は多くの人と出会い、またその人たち全員が、次の道を照らす灯火ともなってくれた。一生でたったひとつ、それぞれの人に忘れられない旅がある。今回の旅は間違いなく、私にとって特別なものとなった。

その極めて個人的な記録を、ここに記しておきたいと思う。

むかしむかし、ひとりの女性兵士が、戦争で死んだ。

しかし、それが遠い国で、はるか昔に起きた悲劇だといえる人間が、果たしているだろうか。第二次世界大戦は、ナチスとソ連のポーランド侵攻によって始まった。その状況は、現在のウクライナとも重なって見える。

一帯は再び「ブラッドランド」となった。これから流血地帯は広がっていくのだろうか。ヤニナ・レヴァンドフスカは、私であり、そしてあなたであるかもしれないのだ。

第一章 ✢ ポーランドいまだ滅びず

スターリンの楔《くさび》

うねるように、地下道は続く。

真っすぐ歩いているように思っても、道は少しずつカーブしていて、その横から枝のように別の地下道がそれぞれの方向に延びている。

これがワルシャワの「地下水道」か、などと思いつつ、私は途方に暮れていた。

『ワルシャワ中央駅に到着時の注意。駅前の広い道路には横断歩道がないので、反対側に渡るには地下道を進むべし』。知り合いのアドバイス通り、スーツケースを引きながら地下道を進んでいるのだが、もうかれこれ三〇分以上もさまよっている。

我ながら、方向感覚には自信があるほうだ。でも直進したいだけなのに、いつの間にか駅のホームに戻ってしまう。どうやら駅を中心として、巨大な蜘蛛の巣状の地下道が一帯に張りめぐらされているらしい。

ぐるぐると回っていると、消化、という言葉が浮かぶ。新宿駅のどこまでも直線的で無機質な地下道とはまた違い、生き物の腹のなかを蠢くような、不気味な複雑さがそこにはあった。

方向がわからなくなると、地上に出る階段を上ってみる。どの地上出口に出ても、すぐ目に飛び込んでくるのは、ワルシャワ中央駅の隣りにそびえる巨大な文化科学宮殿だ。高さ二三七メートルの四十二階建て、中央の尖塔は四十九メートルにもなる超高層建築である。

シンメトリックな外観は典型的なスターリン・ゴシック様式で、その名の通り、ソ連共産党時代に、スターリンからワルシャワ市民に「プレゼント」されたものだ。

そのため、この堂々たる建造物を「ワルシャワの墓標」と呼んで、いまだに嫌悪する人もいるらしい。この街のどこにいても、それは目に入ってくる。

それにしても巨大である。見上げると恐ろしくさえある。

この圧倒される質量こそが、ロシア建築なのだ。ロシア人は巨大なものを目にしたとき、恐れより信仰に近い安らぎを覚えるのだという。この巨体は信仰心のお裾分けか、それとも単純に、ポーランド人を威圧するためだったのか。

いずれにせよ、第二次世界大戦で徹底的に破壊され尽くし、廃墟と化したワルシャワのど真ん中に、スターリンの「赤い楔《くさび》」は打ち込まれたわけである。

文化科学宮殿を見上げながら、私は疲れ果てて座り込んだ。なにもかもがうまくいかない。

まず第一に、今回コーディネーター兼通訳をお願いする予定だった女性と、一週間前から連絡がつかなくなった。いまもまだ連絡がつかないままだ。

英語が通じる人がいるような博物館や有名観光地ならまだなんとかなるが、今回はポーランドの田舎町で、高齢の人々から話を聞いて回らなくてはならないのだ。

このまま連絡がつかなければ、現地で通訳を探すしかないだろう。

第二に、旅行運の悪さだ。パスポートを保管していた自宅の金庫は、出発前日に電池の液漏れで開かなくなったし、飛行機の出発も遅れに遅れた。機内は冷房が効きすぎて、シベリアに送られる政治犯のような気分。不運は重なるもので、梅雨の日本とは対照的に、数日後には記録的な熱波がヨーロッパ全土を襲うのだという。

不穏な流れにとどめを刺すように、一〇年以上愛用していた手巻き時計もついさっき、着陸寸前にリューズが切れた。スイス製のアンティークで、かなりの年代物である。

毎朝丁寧に巻き上げ、時おりオーバーホールにも出していた。その働きぶりは正確無比、これまで一分と遅れることはなかったのだ。この旅はやめておけ、というお告げだろうか。

そうでなくても私はここ数か月、気持ちが晴れない日が続いていた。

戦争は女の顔をしていない

私が最初に「その女性」を知ったのは、仕事でポーランド政府観光局を訪れたときのことだった。

職員の女性が、ポーランドの歴史や見どころを案内してくれるなかで、ふとこんな話をしたのだ。

「カティンの森事件は、ポーランドの歴史を知るうえで避けて通れない出来事です。でも実は、女性の犠牲者もひとりだけいたそうですよ。最近になって知られた事実のようですが」

その言葉に驚いた私は、その後のレクチャーがなにも頭に入らなくなってしまった。カティンに女性の犠牲者がいた？　あの壮絶な殺害現場に、たったひとりの女性が？

そんなことは、これまで夢にも考えたことがなかった。本当の話なのだろうか？

私はさっそく、方々から資料を取り寄せた。そして、J・K・ザヴォドニーによる名著『消えた将校たち　カチンの森虐殺事件』の文中、たった数行の記述を見つけたのだった。

殺害された人びとのなかには一人の女性までいた。彼女はポーランド空軍の中尉で、ソ連軍の捕虜になってから他のポーランド将校とともに抑留され、カチンで銃殺死体となって発見された。

噂どおり、カティンの森事件には、確かに女性の犠牲者がいたようだった。しかも空軍の中尉、ということは飛行士だろうか。

カティンの森に消えた女性パイロット。彼女の存在に、私は強く惹かれた。第二次世界大戦中、特に独ソ戦下における女性兵士について、熱心に調べていた時期があったからだ。

『戦争は女の顔をしていない』という、一冊の本がある。

ジャーナリストとして初めてノーベル文学賞を受賞したスヴェトラーナ・アレクシエーヴィチの処女作であり、独ソ戦に従軍した五〇〇人を超える女性兵士たちへのインタビューからなる、出色のドキュメンタリーだ。

二〇二〇年には日本でコミック化され、その内容がＳＮＳなどで大きな話題となったが、それまでは本棚の隅にひっそりと置かれているような本だった。しかし、私の考えていた独ソ戦とは全く違う、「別の戦争」の姿がその本のなかにはあったのだった。

訳者あとがきによれば、独ソ戦では一〇〇万人を超える女性が従軍したのだという。看護師や洗濯婦のみならず、狙撃手やパイロットとしてエースとなった女性たちもいた。

例えば、『ロシアン・スナイパー』として映画にもなった、伝説の女性狙撃手リュミドラ・パヴリチェンコ。独ソ戦において、ソ連軍は女性狙撃手を数多く登用したが、そのなかでも彼女は確認戦果三〇九名射殺という、傑出した戦績をのこしている。

赤軍の女性パイロットでは、『戦争は女の顔をしていない』にも少しだけ登場するエカテリーナ・ブダノワや、「スターリングラードの白ユリ」と呼ばれ恐れられたリディア・リトヴャクという、二名の女性エースがいる。さらには、女性だけの夜間飛行連隊「夜の魔女」も存在した。

しかし、華々しい活躍をした女性はほんの一部だ。アレクシエーヴィチの作品には、女性兵士が男性と同等に闘い、傷付き、消耗していく様が克明に描かれている。戦争が終わったあとも、悲惨な記憶と人々の好奇の目が、彼女たちを蝕んでいった。

戦時中の日本ではどうだろう。看護師など以外に、戦場で活躍した女性がいただろうか？　私が知る限り、日本の戦争は男によってのみ行われ、そして敗れた。その構造は、現代でもそう変わっていないのではないか。

やがて私は、赤軍の女性飛行士たちに焦点を当てたドキュメンタリー番組の制作を思い立った。大空に憧れた少女たちの物語だ。

英雄ではなく、ひとりの女性の目を通して見た戦争を描けないか。

二〇一七年に、私はあるドキュメンタリー番組の企画・プロデュースに携わっていた。壮絶な独ソ戦の最中、ナチスに包囲されたレニングラードで、天才作曲家ショスタコーヴィチが作曲した「交響曲第七番」の誕生秘話を追った番組だった。

その番組制作時に培ったコネクションが、今回も役に立つかもしれない。

しかし、何人かのロシア関係者に相談したところ、おおむねこのような答えが返ってきた。

「その番組を成立させるには、ロシア空軍の協力が必要不可欠だし、もし成立しても、あなたの作りたいものは作れないだろう。彼女たちを人間ではなく、英雄として描くしかない。それ以外は許可されないし、もちろん内容も厳しくチェックされるだろう」

そんな番組では意味がないし、ロシア側に偏りすぎるのも避けたいところである。揉め事など、もっと御免だ。

そんな時だったのだ、カティンの森で発見された女性飛行士のことを知ったのは。その日から、寝ても覚めてもその女性のことが頭から離れなくなった。

彼女はなぜ、カティンの森にいたのか。あの時代に、女性が戦いの場に赴き、虐殺された。それまでの道筋には、一体どんなことがあったのか。彼女はなぜパイロットになったのか――。疑問は尽きない。そして私は、どうしてその女性にこんなにも惹かれるのだろう。

カティンの森の、たった一羽の鳥。私は自分自身のためにも、この稀有な女性の生涯を、土の下から掘り起こしてあげようと決めたのだった。

早速企画書を書き、テレビ局や制作会社を回ったが、その反応は私を失望させるものだった。簡単にいえば、誰も興味を示さなかったのだ。ほとんど無関心だったといってもいい。

しかし、彼らを振り向かせようにも、資料はないに等しかった。現時点で私が知っていることといえば、彼女の名前はヤニナ・レヴァンドフスカであり、当時はまだ珍しかった女性飛行士だった、ということくらいだ。ヤニナ・レヴァンドフスカという女性のことを、私は知りたい。私が知りたいと思うものを、人は知りたいと思わない。ならば、その価値を証明することは、自己の証明に他ならないだろう。まずは本を書くのだ。名もなきひとりの女性飛行士の本を。

そしてもうひとつ、私には小さな予感があった。歴史が動き始める予感だ。二〇一四年、ロシアによってクリミア半島が併合されて以降、ウクライナはもちろんのこと、隣国ベラルーシ、そしてポーランドが大きく揺れている。そんな噂が、あらゆる方面から聞こえ始めていたのだ。

第二次世界大戦は、ナチスとソ連のポーランド侵攻によって始まった。その後の六年間に及ぶ血みどろの惨劇は、まだ人類の記憶に新しい……はずだったのだが。

そう遠くない未来、この歴史的な「ブラッドランド（流血地帯）」が、再び世界の注目を集める日が来るのではないか。そんな暗い予感が、私を東欧に駆り立てたのだった。

しかし、取材費用やその他経費もすべて、なけなしの貯金から捻出するしかない。この旅のために、いくつかの仕事も断っている。もし空振りなら大赤字だ。

「あぁ困った、困った……」。ぶつぶつと文句を言いながら、私はまた穴底に降りていく。

ワルシャワの地下迷宮からは、うまく抜け出せない。

五〇分も地下道をさまよった末に、ようやくチェックインした宿の部屋は、屋根裏のような簡素な作りだった。腰高の窓によじ登ると、目の前に文化科学宮殿が見えた。

私は昔、これとそっくりの建物を見たことがある。ずっとむかし、子供の頃だ。あれは確か一九九一年、ソ連崩壊間際のモスクワだった。その光景を、昨日のことのように思い出す。

夜十時、ようやく夕焼けが空を染めた。美しき白夜の季節だが、旅情に浸るには疲れすぎていたので、早々に寝床について泥のように眠った。

夢のなかで、私はまた飛行機に乗っていた。すらりとした、シャープな翼。雲の隙間からは田園が見える。目的地にはまだ遠くて、私はうんざりしている。

目覚めるまでに何度か、気流で身体がふわりと浮く感覚があった。

誰が彼らを殺したか？

二〇一九年六月二十八日、早朝。

朝目覚めると、窓の外に文化科学宮殿が見えた。今日から取材が始まる。

昨夜、ホテルにチェックインしたあとで、試しにコーディネーターの携帯にかけてみると、拍子抜けするほどあっさりと電話が繋がった。

今日の午後に直接会い、話し合いをすることになっている。

午前九時。ホテルの前の停留所からバスに乗って、私は旧市街の方角へと向かった。

「カティン博物館」は、ワルシャワ旧市街の北側にリニューアル・オープンしたばかりの博物館である。

その名の通り、カティンの森事件のための博物館で、入場料は無料。ポーランド政府の肝いりで、近年開館した（なぜ肝いりなのかは、あとで詳しく述べることとする）。

入り口はわかり辛い。城壁の跡地を利用しており、赤レンガの壁に鉄扉が取り付けられているのだが、どうやらそれが入り口のようだ。肌寒い雨の日とはいえ、人通りも少ない。

そのエントランスの重厚さは、どこか監獄の門を思い起こさせた。なかば囚人のような気分で、鉄門をくぐる。

訪問することを知らせていたので、受付では博物館の学芸員が迎えてくれた。

「ようこそ。日本人がこの博物館に興味をもってくれるのは、とても喜ばしいことです。当博物館は、カティンの森事件で殺害された約二万二〇〇〇人の犠牲者の鎮魂のために創設されました。展示物は、主に遺体とともに地中から発見された遺品です。

お尋ねの、ヤニナ・レヴァンドフスカに関する資料ですが、残念ながら直接の遺品はありません。しかし、彼女が着ていたものと同タイプと思われるパイロット服が展示されています。また映像のコーナーでは、主な犠牲者の人生を紹介したＶＴＲを見ることができますが、彼女を紹介した映像もありますので、ぜひ見て行ってください」

館内はひんやりとしていて、照明は暗い。六月末だというのに、寒気がするほどだ。

その理由は、館内に響いている音のせいだと気付く。ＢＧＭのかわりなのか、静寂の薄闇のなかで、水滴が滴り落ちる音が絶えず聞こえてくるのだ。

ぴちゃん、ぴちゃん、ぴちゃん……。ココダヨ、ボクタチハ、ココダヨ……。そんな幻聴さえ聞こえてくるような恐怖演出で、子供のときにここを訪れたらトラウマになりそうだ。

しかし展示物の見せ方は近代的で、スタイリッシュとも呼べる作りだった。出土品のコーナーでは、それぞれの遺品が小箱に区切られ、オレンジの間接照明に照らし出されている。

遺品のなかで多いのは金属のボタンだ。軍服に付けられていたもので、ポーランド軍の「白鷲《しろわし》の紋章」が刻まれている。アメジストの入った男性用の大きな指輪は、親指用だろうか。他にも、ぼろぼろの身分証、手紙、丸眼鏡。家族の写真。多くの勲章――。

小さな香水の瓶は、彼らが自らの死を予見していなかったことを感じさせる。

これら地中から掘り起こされた遺品数千点は、彼らが生きた証しだ。それと同時に、無数のポーランド人将校たちの叫びともなった。

そして、ピカピカの黒革のブーツ、冬物の外套、手帳、手を縛っていた縄、空の薬莢《やっきょう》。それらの展示品は特別な意味をもっている。

「誰が自分たちを殺したのか」。多くの証拠品が、犯人を指し示したのだ。

ナチスの情報戦争

カティンの森で遺体が発見されるまでの経緯は、事件が「独ソ戦のミステリー」と呼ばれるに相応しい、まさに複雑怪奇なものだった。

大戦間際の一九三九年八月二十三日。ドイツとソ連の間で、独ソ不可侵条約（通称・モロトフ＝リッベントロップ協定）が締結された。この瞬間から、すべての悲劇は始まったのだ。

直後の九月一日、ドイツが突然ポーランドに侵攻し、第二次世界大戦が開始される。ドイツ軍は電撃戦を展開してワルシャワを陥落させ、ポーランドの西半分を占領した。

一方のソ連も、ポーランド東部に侵攻。まさに前門の虎、後門の狼となったポーランドはなすすべもなく、ドイツとソ連に分割占領されてしまう。

東部地域を制圧したソ連軍は、占領地域内にいたポーランド軍を即座に武装解除する。将校たちは、全員が捕虜として拘束された。

こうして戦争捕虜となった一万四〇〇〇人のポーランド人将校らは、ソ連領内のコゼリスク、スタロベルスク、オスタシュコフの三つの収容所にわけて送られた。

しかし、一九四一年六月二十二日に、ドイツによるソ連奇襲攻撃「バルバロッサ作戦」によって独ソ戦が開戦すると、事態は急変する。

仲間だったはずの虎と狼が、潰し合いを始めたのだ。

対ドイツで利害が一致し、連合国の一員として一転、ソ連と共闘することになったポーランドは、収容所に捕らわれたままの将校たちの即時解放をソ連に要求した。

釈放された将校たちを集結し、新たなポーランド軍を再編する手筈は整っていた。しかし、召集に応えて集まってきた将校はわずかで、捕虜の一〇分の一にも満たない。

残りの将校たちは、どこに消えたのか？

ポーランド政府は、ソ連側に再三にわたり捕虜の消息を尋ねたが、要領を得ない答えが返ってくるばかりである。

そうこうするうちに、彼らが捕虜となってから二年半の月日が流れようとしていた。

一九四三年四月十三日、午前九時十五分。

ドイツのラジオは全世界に向けて一斉に、事件の速報を伝えた。

「一九四〇年から行方不明になっていたポーランド人将校はソ連によって殺害され、スモレンスク郊外の森から遺体となって発見されました」

事件の第一報は、アメリカをはじめとする連合国を震撼させた。

この動きに、ソ連側も反応する。「ナチス・ドイツ侵略者によるカティンの森でのポーランド人戦争捕虜将校銃殺の状況を確認し、調査する特別委員会」という、身も蓋もない名前の委員会が設立され、この委員会によって、同年九月二十五日には以下の発表がなされた。

「ドイツがスモレンスクを占領する以前、ポーランド人捕虜の将校と兵士は、スモレンスク西方で鉄道建設工事に従事していた。しかし、ドイツのソ連侵攻後、捕虜たちはドイツ兵によって捕まり、無慈悲にも近郊の森で殺害されたのだ。これが事件の真相である」

ドイツはソ連が殺したといい、ソ連はドイツが殺したという。一体、どちらが真実なのか。スモレンスク近郊という場所が、この事件をより複雑にしていた。

スモレンスクはモスクワの西方三六〇キロに位置し、ロシア最古の街のひとつだ。ヨーロッパとロシアを繋ぐ要所として重要な拠点で、歴史上何度も戦場となってきた場所でもある。

　第二次世界大戦の開戦時はソ連領であり、遺体が発見された現場から三〇〇メートルの場所には、「ドニエプルの館」と呼ばれるＮＫＶＤ（ＫＧＢの前身）の保養所があった。

　しかし、一九四一年に独ソ戦が開戦すると、一帯はたちまち戦場となった。ドイツ軍の機甲部隊による進軍は目覚ましく、七月にはスモレンスク会戦に突入。激戦の末、同年八月にはスモレンスクが陥落し、ドイツの支配下に置かれたのだ。

　近郊の森から遺体が発見されたのは、ドイツがスモレンスクを占領していた一九四三年春のことだった。

「ＮＫＶＤが虐殺したポーランド人将校たちの遺体が、スモレンスク近郊のグエズドヴォ村の森に埋められているらしい」

　地元民が密かに口にするその噂をナチス諜報部が聞きつけ、ドイツは近隣で大規模な調査を開始した。やがて噂通り多くの遺体を発見し、そのニュースは世界を駆け巡る。

　ドイツは遺体の発見に驚き（または狂喜して）、この事件を近郊の集落であったカティン村にちなみ「カティン虐殺事件」と名付けることにした。

　これが国際的な大事件に発展すると考えたナチスは、グエズドヴォ村という、スラヴ的で複雑な発音の地名よりも、響きがよく、国際的にも覚えやすい「カティン」の名を採用したといわれている。

　このコピーライティングの妙が、ナチス広報の特質を表している。ヒトラーはその類いまれなプロモーション力によって、ロシアの地まで到達したといっても過言ではないのだ。結果として「カティン」という耳なじみのいいネーミングは、事件をより広く浸透させていった。

この事件をうまく利用できれば、ソ連とポーランドの間に亀裂を生じさせることができる。さらには国際世論も、ソ連に対して厳しい批判の目を向けるだろう。

一時の勢いをすっかりなくし、各地で敗北を重ねていたナチス・ドイツにとって、またとないプロモーションの機会が訪れたのである。

ヒムラー警察長官とゲッベルス宣伝相は、情報戦によって連合国を分裂させるべく、事件の解明に全力を傾けることにした。

悪魔の所業

遺体発見直後の一九四三年四月二十八日。ドイツ以外の十二か国から選出された国際調査団、ドイツ法医学特別調査団、ポーランド赤十字調査団が、カティンの森に到着した。

また、宣伝効果を上げるために、イギリスやアメリカなど各国の戦争捕虜も数人、ドイツによって連れてこられていたようだ。

この大規模調査に必要な人材や費用はすべて、ドイツの提供によるものだった。

ドイツが即座に国際調査団を呼んだのには、理由がある。発見された遺体を調査したところ、どれもドイツ製の銃弾によって頭を撃ち抜かれていたのだ。

また、現場からほど近い場所にある、ＮＫＶＤの保養所だった施設も、当時はドイツ軍の宿営地として使用されていた。ドイツの分は悪かったのだ。

これまでのナチスの蛮行を考えても、ドイツの無実を信じる人間はごく少数だった。特に、ドイツ占領下でさんざん辛酸をなめさせられてきたポーランド人を納得させるのは、至難の業とも思えた。

この頃にはソ連軍の猛反撃が始まっており、スモレンスクが奪還されるのも時間の問題だった。調査は、すぐそこにソ連軍が迫るという、抜き差しならない状況で決行される。

ドイツが自らの潔白を示すチャンスは、この一度きりだ。

ゲッベルスのいつもの責任逃れか、あるいはでっち上げの類いか。参加者たちは半信半疑で森を訪れたそうだが、想像を絶する光景が彼らを待っていた。

発掘作業では、八つの集団墓穴が見つかった。どの穴も長さ二八メートル、幅一八メートルで、そのなかには軍服をまとったポーランド人将校が、九層から十二層になって累々と積み重ねられていた。

その多くは後ろ手に縛られていて、口のなかにおが屑が詰め込まれている遺体もあった。どの遺体にも後頭部に銃創があり、大量の薬莢は遺体と共に墓穴から発見された。

問題の弾丸はドイツ製ＧＥＣＯ７・65口径。南ドイツの工場で製造されたものだった。

この弾丸は、ドイツからポーランド、バルト三国、ソ連にも輸出されていたが、主にドイツ軍によって使用されていたものだったという。

しかし、捕虜を縛っていた縄を顕微鏡で検査すると、ソ連製であることがわかった。結び方も独特で、縄で首と後ろ手にした手首が繋がれており、手を動かして抵抗しようものなら、どんどん首が絞まってしまう。ソ連兵による殺害現場でよく目にする結び方だった。

ドイツ、ソ連、どちらにも犯行は可能で、どちらも大いに動機がある。

こうなると、重要なのは殺害された時期だ。スモレンスクがソ連領だった一九四一年の夏までに殺害されたのならソ連が、それ以降ならドイツが犯人ということになる。

遺体の身元はすぐに判明した。軍服のポケットから、大量の個人情報が出てきたからだ。

身分証明書、軍用認識票に加え、個人や家族の写真、ソ連の収容所で受けたチフス予防注射証明書――。これらによって、彼らがコゼリスクの収容所で捕虜となっていたポーランド人将校たちであることが確認された。

しかし、一六か月近くソ連の強制労働に使役されたと仮定しても、彼らのブーツはどれもピカピカの新品同様で、かかともすり減ってはいなかった。

また、穴の上には証拠隠滅のためか、トウヒの木が植えられており、年輪などから三年以上前に植えられたものであることがわかった。さらに、湿気や臭いを取るつもりなのか、遺体の上には大量の『プラウダ』が置かれていて、日付は一九四〇年春のものだった（個人的には、この辺りの詰めの甘さが、最もソ連的だと感じる部分だ）。

捕虜たちの家族はみな、一九四〇年四月以降にパッタリと手紙が来なくなったと証言したし、簡易的な検死からも、これらが約三年前に殺害された遺体であるという結論が出た。

すべての証拠が「一九四〇年の春」を示していた。ただひとつナチスの誤算があるとすれば、森から発見された遺体が、最終的に四五〇〇体弱に留まったことだろう。

行方不明になった残り一万人の行方は、杳《よう》として知れなかった。

ドイツ主導による大規模調査から四か月後の八月、ソ連の猛攻によって前線は押し戻され、九月にはスモレンスクが奪還される。直後には、ソ連による特別調査団がカティンに派遣され、埋め戻されていた森の遺体は再び掘り起こされた。

ソ連側の調査報告書の内容は、以下のようなものだった。

「ドイツは自分たちが行った虐殺をなすりつけるため、一度遺体を掘り起こし、一九四〇年四月以降の日付を示すあらゆる証拠物を遺体から取り除き、遺体を埋め直した。その後、調査団を呼んでソ連の犯行に見せかけたのだ。医学的調査からは、遺体が約二年前の一九四一年九月から十二月の間に埋められたものという結果が出ている」

しかし、樹木の年輪や遺体の検死結果などに関しては、殺害時期に関する合理的な証拠は一切示されなかった。

この再調査に参加したのは、国際混成チームと、ドイツ、ポーランド、ソ連の四か国だった。同行した約二〇名のジャーナリストも、ソ連の案内によって大量の遺体を見せられた。

そのなかには、モスクワ駐在アメリカ大使の娘もいて、二十五歳の彼女はモスクワに戻ったあと、「個人見解では、捕虜たちはドイツによって殺害されたと思う」と述べている。

実際にはあらゆる物的証拠が、ソ連の犯行を裏付けていた。しかし、アメリカにとっていまやソ連は、ナチス・ドイツと戦う同胞だった。

悪魔の所業は、すべてドイツによって犯されなくてはならない。

「カティンの森事件」を巡る騒動は、あらゆる国の政治状況を巻き込んで、その後ますます混迷を深めていくこととなる。

たったひとりの女性犠牲者

ここ「カティン博物館」に展示されている遺品のほとんどは、一九四三年の第一次発掘調査によって発見されたものである。

殺害された人々のポケットなどからは、様々な遺品と共に、日記の一部や、メモ書きなども多く発見された。これが彼らの生前の様子を知る、唯一の資料となった。

「プロローグ」で触れたとおり、この発掘調査には、ポーランド地下組織のメンバーも参加していた。そして墓穴のひとつで、ポーランド空軍の軍服を着た女性の遺体が見つかったのだ。

遺体を目撃したのは、その調査団のメンバーであったカジミエシュ・スカルジンニスキ、後に現場のレポートを発表するユゼフ・マツキエヴィチのふたりのポーランド人に加え、スイスとスウェーデンのジャーナリスト、フランス、イギリス、ブルガリア、ハンガリーの戦争捕虜たちだったそうだ。

腐敗し、ひどい悪臭を放ってはいたが、それは確かに女性の遺体だった。

このような惨劇の現場に女性の遺体があるとは、どうしたことか。しかし、日記やメモを判読してみると、彼らのいた収容所には、確かに女性の捕虜がいたことが確認されたのだ。

例えば、カジミエシュ・シチェプコフスキ少佐の一九四〇年二月七日・八日のメモには、このような記述がある。

ここの収容所には、我々と共に、飛行士のとても辛抱強い女性がいる。すでにもう四か月目にもなる拘禁生活だが、あらゆる困難や拘束の不便な日々を、彼女は模範的な態度で耐えている。

また、ヴウォジミエシュ・ヴォイダ少尉が綴った一九四〇年三月の日記にも、次のように記されていた。

昨日、昼食時に女性の飛行士が我々のところにやってきた。彼女をみんなで招待したんだ。砂糖入りのコーヒーとパンで彼女をもてなした。

名前はわからないが、収容所には確かに女性の将校が存在しており、どうやら飛行士であったらしい。強い精神力をもち、男性たちのなかで敬意を払われていた様子もうかがえる。

殺された将校たちのなかに女性がいた。この事実はあまりに現場の惨状と不釣り合いだったことから、当初は公開されなかった（一説によれば、女性の遺体の存在は、これら犠牲者がポーランド人捕虜たちであることを立証する妨げになる、と考えられたからだという）。

しかし、ドイツ調査団の一員であり、ヴロツワフで法医学を専門としていたゲルハルト・ブーツ教授は、数千にも及ぶ犠牲者のうち、七個の特徴的な遺体の頭蓋骨を、研究と称して現場から持ち帰ることにした。後頭部に弾痕が残る女性の頭蓋骨も、そのうちのひとつだった。

頭蓋骨から離された女性の身体は、カティンの森のなかに永遠にのこることになった。しかし、この非人道的とも思われる行為が、後に彼女の消息を知る唯一の糸口となる。

遺留品の展示コーナーを抜けた私は、学芸員が言っていた、「カティンの森事件における主な犠牲者」の映像コーナーまで来た。

液晶のタッチパネルに何十名かの名前が表示されている。ヤニナ・レヴァンドフスカの名前を見つけてタッチすると、スクリーンに短い映像が映し出される仕組みだ。

写真やイメージ映像と共に、彼女の人生を紹介するナレーションが流れ始めた。

ヤニナ・レヴァンドフスカは、一九〇八年四月二十二日に、ロシア領の都市ハリコフで誕生した。

ユゼフ・ドヴブル゠ムシニツキの長女で、彼女の父は、帝政ロシア・第一ポーランド軍の創設者であり、後の大ポーランド蜂起の最高司令官でもあった。

ポズナン飛行クラブに入会し、ヨーロッパでは女性初の高度五〇〇〇メートルからのパラシュート降下に成功した人物となった。

開戦三日目の九月三日、ヤニナはポズナン西駅から出征した。その後、行方知れずとなり、一九四三年にカティンの森で、多くの遺体と共に発見される。

ヤニナ・レヴァンドフスカの殺害された日は、彼女の三十二回目の誕生日だった――。

なんと、彼女の父親はポーランドで著名な将軍だったようだ。「将軍の娘」として、彼女も軍人の道を選んだということだろうか。

ナレーションの背後に、一九四三年の発掘調査のモノクロ映像が映し出されている。

通常、映像のインパクトというのは、文章では表しきれないものだが、それはまさに「プロローグ」の報告書の通りの光景だった。

遺体は重なり合い、互いに押し潰されて、「イワシの缶詰」のようだ。水分が抜けて、ミイラのようになった身体。彼らがかつて生きた人間であった痕跡は、遺体を包むポーランドの軍服のみだ。

映像のＢＧＭも暗く、おどろおどろしい。博物館全体のコンセプトなのだろうか。凄惨な事件、哀れな犠牲者たち、踏みにじられた祖国。この恨み、忘れてなるものか……。

飛行服姿のヤニナ・レヴァンドフスカ

私は、その映像から思わず目を背けたくなる。そして、アンジェイ・ワイダ監督の映画『カティンの森』のラストシーンを思い出していた。
カティンの森事件を知る日本人は少ない。しかし、大戦やソ連の専門家以外でこの事件を知る人に会うと、そのほとんどが、ワイダ監督の映画を観たのだと私にいった。
ポーランド国民にとって、故アンジェイ・ワイダ監督は特別な存在だ。

『灰とダイヤモンド』、『地下水道』などの名作を次々と発表し、世界中にポーランド映画旋風を巻き起こした。

そのワイダ監督が、「これを描かずには死ねない」とメガホンを取ったのが、二〇〇七年に公開された『カティンの森』だ。

その映画のラスト一〇分は、衝撃的なものだった。ワイダ監督は手に入れられる限りの資料をもとに、次々と殺害されていくポーランド人将校たちをドキュメンタリータッチ、息もつかせぬノンストップで描ききっている。

最後は、うずたかく積み上げられた将校たちの死体の上に、重機によって土が掛けられ、暗転するシーンで終幕する。その画の迫力は凄まじく、観た人の多くが「いまだにトラウマになっている」と顔を歪める。

ポーランド軍大尉だった自分の父親が、どのような死を迎えたのか。ワイダ監督はそれをスクリーンで、克明に再現してみせた。彼の母親もまた、夫の死の真相を知らぬまま亡くなってしまったのだという。

映画史にのこる衝撃的な一〇分間は、ワイダ監督の弔い合戦でもあったのだ。

飛び散る血と銃声、土のなかから漂う隠しきれない異臭、ひしゃげた遺体。それが、「カティンの森」のイメージであり、真実だ。しかし、それだけが私が描きたいカティンではない。

青い空。雲を切り裂いて飛ぶ、鳥のような一機の飛行機——。

博物館を出て見上げると、ワルシャワの空はあいかわらずの曇天で、重たい雨がアスファルトに打ち付けている。

カタジナあらわる

ホテルのロビーに戻ると、コーディネーターの女性がすでに待っていた。彼女の名はカタジナ・シチェパンスカという。四十代後半くらいだろうか。

迫力のあるボディだが、表情には中欧人らしい人懐っこさがある。日本で電話のやりとりをしているときから、鼻にかかった高い声で話す流ちょうな日本語が印象的だった。

しかし、どうも様子がおかしい。興奮した様子で目に涙を溜め、手にしたバッグをハンカチで拭きながらいきなりこう言うのである。

「今日、午前中に王宮広場で、日本の企業の役員さんたちを案内していたのです。すると、彼らの携帯を盗ろうとする人がいて、近くの人が手を押さえると、犯人が暴れて私のバッグが汚れました。ワルシャワは治安が良いと思っていたのですが、こんなことは初めてで……」

なるほど、と私は思った。カタジナは、一か月前に取材でポーランドを訪れた村上春樹氏をアテンドしたベテランの通訳兼コーディネーターだ。私は彼女を、ポーランド政府観光局から紹介してもらったのだが、提示された日当も一流だった。

それもあって、どうしても通訳が必要な場所以外はひとりで取材する、と言っていたのだが、いま彼女は私に「東洋人がひょこひょこ出歩くと、恐ろしい目に遭うかもよ」と伝えてくれているのである。東洋人、ましてや女のひとり歩きは、確かに危険が伴うだろう。

とりあえず、カタジナにはハーブティーで落ち着いてもらい、今回の旅の計画を話した。

まずはひとりでワルシャワをまわり、高速鉄道でクラクフへ行く。その後は飛行機でグダニスクまで飛び、そこでコーディネーターと合流。グダニスクからポズナンまで列車で移動する。ポズナンはヤニナの故郷だから、滞在日数は一番長くなるだろう。そして最後に、列車でワルシャワまで戻ってくる。

ポーランドという国を、ぐるりと一周するような旅だ。移動はほとんど電車。しかし私は、旅の半分の日程を女ひとりでまわることに、特に不安はなかった。

主観ではあるが、これほどまでに治安がいいと感じられる国はめったにない。私は根っからの臆病者で、石橋をたたいても渡らないタイプだが、到着してからいままで、女ひとりで危険を感じるような瞬間は皆無だった。

そしてなにより、この国の空気には、どこかソ連の残り香がある。わかる人間にはわかる、あの懐かしい独特の雰囲気。硬質な一体感とでもいおうか。ポーランド人には不本意かもしれないが、それは私を少し安心させるのだった。

今回の旅で最も重要なのは、後半の旅のパートナー選びだ。現地コーディネーターには、語学力だけでなく、人たらしの要素が必要不可欠だといわれる。カタジナも、全身をふるわせてよく笑った。やはり向こうの方が一枚も二枚も上手のようだ。

カタジナが日本語に興味をもったきっかけは、子供の頃に『おしん』を観たことだという。南米や中東などで空前の『おしん』ブームが起きたことは知っているが、ポーランドでも放送されていたとは知らなかった。

そういわれてみると、ひっつめたカタジナのお団子頭も、どことなくおしんのように見えてくる。

さらには、『まんが日本昔ばなし』も人気番組だったというから仰天した。

共産時代のポーランドで、なぜそんなに日本の番組を多く流していたのだろう。「清貧」という美徳を、この地に根付かせようという計画だったのか。社会主義国家とはつくづく謎が多い。

そんな他愛のない会話の末に、私はすっかりカタジナが好きになって、あらためて旅の後半のコーディネートのオファーをした。

ずいぶんとわがままな要求だったが、カタジナも快く受けてくれたのだった。

どちらにせよ、これから数日でポーランド語を習得するわけにはいかないし、旅の相棒は必要だ。それなら、相棒は楽しい人物の方がいいにきまっている。

次は一週間後にグダニスク駅で会うことを約束し、私たちは握手をして別れた。

祖国の消滅

ここポーランドを初めて訪れた日本人は、福島安正少佐（情報将校）だといわれている。

ベルリンからウラジオストックまでを単騎横断する途中の一八九二年二月、ポーランドを通過した際に、彼はこんな歌を詠んだ。

淋しき里にいでたれば　ここはいずこと尋ねしに
聞くも哀れやその昔　亡ぼされたるポーランド

ポーランドは歴史上、三度にわたって地図から消えた。周囲の大国から領土を奪われ、分割されたのだ。さらに、第二次世界大戦終結後はソ連の衛星国となり、一九八九年に民主化されるまでソ連の支配下に置かれていた。ポーランドが悲劇の国といわれる所以《ゆえん》である。

そんな歴史もあって、日本人はポーランドに「中欧の小国」といったイメージを持っているのではないだろうか。しかし、三国分割前までは違っていた。

この国は、十世紀に産声を上げ、十四世紀から十六世紀にかけて栄華を極めた。

一五六九年からはポーランド・リトアニア共和国を形成し、現在のポーランド、リトアニア、ベラルーシとウクライナの大部分を領土とする、ヨーロッパで有数の大国だったのだ。

確かに歴史上、ロシアとポーランドは常に対立してきた。しかし、ポーランド側が常に虐げられていたわけではない、ということは、声を大にして言わねばならないだろう。

「カティンの森事件」の舞台となった要塞都市スモレンスクは、両国によって幾度も攻防戦が繰り返されてきた、因縁の地でもあった。

一六一〇年には、ポーランド国王がスモレンスクを包囲・陥落させてモスクワに入城し、自身の息子をツァーリに選出させたことさえある。しかし結局、ポーランド軍は押し戻された。

ポーランド人はいまだに、「あのときクレムリンを獲っておけばな！」などと愚痴るらしいが、その後、国は徐々に衰退していった。

一七七二年、ロシア、プロイセン、オーストリアの三国によって、第一次ポーランド分割が行われる。犯罪的に国土を奪われたポーランド人は、繰り返し蜂起するも、九五年の第三次分割をもってついに滅亡した。

かつて栄華を誇った大国は、ここから一二三年もの間、地上から姿を消すことになる。

旅の途中で、あるときカタジナが『ドンブロフスキのマズルカ』という歌を歌ってくれたことがあった。現在はポーランドの国歌になっている歌だそうだ。

ポーランドいまだ滅びず　我らが生きている限り
よそ者が奪っていったものを　我らは剣で取り戻すのだ

進め、進め、ドンブロフスキ　イタリアからポーランドまで
将軍の指揮のもとで　我らは国民と再びひとつになるのだ

なんとも勇ましい旋律だ。気分が高揚して、つい立ち上がりたくなる。

「この歌は、祖国の滅亡後、ナポレオン軍に合流して闘ったヤン・ドンブロフスキ将軍の『亡命ポーランド人軍団』に捧げられた歌です。この歌は当時、ワルシャワで大流行しました。ナポレオン失脚後は、兵士たちの夢も一緒に消えてしまったのですが……」

さすが名門ワルシャワ大学の出身者だ。なんでもよく知っている。カタジナは旅の間じゅう、私の親しい友人であり、よき歴史の先生でもあった。

国の滅亡後も、抵抗しては鎮圧され、もう立ち上がる気力もなかろうというほど徹底的に報復されるが、やがてまた蜂起する。ポーランド人はそれを繰り返してきた。

この気性を、国民は自らへの慈しみを込めて「ポーランド気質」と呼ぶらしい。

国の分割や、第二次世界大戦の悲劇によって、ポーランドにはどこか暗いイメージがつきまとう。思い出されるのは、バイオリンが奏でる『シンドラーのリスト』のテーマ曲や、『戦場のピアニスト』の悲しげな旋律ばかりだ。

しかし意外なことに、ポーランド人は根が明るい人間が多い。驚くほど人懐っこく、開けっぴろげで、激情型だ。インタビューなどをしていても、笑ったり、泣いたりと忙しい。

この気質について、カタジナはこう話す。

「ポーランドは、戦後ソ連の社会主義に最も馴染まなかった国だといわれています。宗教の問題も大きいですが、ラテン系のノリが共産主義と合わなかったのでしょう。そもそも、ポーランド人は何かを強制されたり、従わされたりするのが大嫌いですから」

ポーランド文学者の関口時正さんが、ポーランドに進出した日系企業が一番苦労したのは、現地人にラジオ体操をさせることだった、と話していたのを思い出す。

号令で皆が同じ動きをすることに、極度の嫌悪感を抱くというのだ。

「でも、なんで勝ち目のない蜂起を繰り返すの？」

「それは、私たちがポーランド人だからですよ！　マルシュ、マルシュ！（進め、進め！）」

そう言って彼女は、大げさにこぶしを突き上げるのだった。カタジナがいうには、ポーランド人は後先考えずに先に身体が動いてしまうところがあるらしい。

その総決算ともいえるのが、カティンと並ぶ大惨事となった「ワルシャワ蜂起」だ。

第二次世界大戦中のナチス占領下、無謀とも思える一斉蜂起の失敗によって、ワルシャワの街は完全に破壊されてしまった。

しかし、その激しい気質と不屈の魂はまた、多くの才能を産み落としてもきた。例えば、天文学者のコペルニクス。例えば、科学者のキュリー夫人。文学の世界でいえば、ジョゼフ・コンラッドも、ポーランド人の誇りである。

しかし、いまでも国民の親愛の情を一身に受けるのは、「ピアノの詩人」と讃えられるフレデリック・ショパンその人だろう。ポーランド人にとって、ショパンとは国そのものなのだ。

ショパンの心臓

「私の心臓を、祖国に持ち帰ってほしい」

ポーランドが生んだ天才ピアニスト、フレデリック・ショパンは、死の間際にそう言い遺した。

ワルシャワの聖十字架教会は、ショパン好きにとって最大の聖地だ。教会の入り口から中央左寄りの石柱には、驚くことにショパンの心臓が埋め込まれている。遺言に従って身体から取り出された心臓は、祖国まで持ち帰られ、大理石の柱のなかに安置されたのだ。

三国分割によって国が消滅したポーランドだったが、一八三〇年に起きた十一月蜂起の失敗により、ロシアの圧政はより強まった。

ヨーロッパで公演旅行中だったショパンは国に戻れず、フランスに亡命する道中で、蜂起が失敗に終わったことを知る。激情のなかで作曲したのが、代表的エチュード『革命』だ。

この伝説的な『革命』誕生秘話を否定する声もあるが、同じ時期に、アルバムの裏にショパンが書き付けた言葉を読むと、当時の彼の心理状態がみえてくるだろう（『ショパン全書簡』より、一八三一年）。

> **いや、もう母などいないかもしれない。モスカルにやられ……殺されたかもしれない――姉も妹も気を失っているが、屈していない――いない――父は絶望のあまりどうしていいかわからないでいる、母を抱き起こしてくれる者もない。――そして僕はこうして何もせずに――手にすべきものもなく――ただときどきピアノに向かって呻吟し、苦しむだけ――（後略）**

それから三十九歳で亡くなるまで、彼がポーランドに帰国することは叶わなかった。

パリでショパンの死を看取った姉のルドヴィカは、瓶詰にしたショパンの心臓をワルシャワに持ち帰った。愛国心を鼓舞するものの持ち込みは禁止されていたため、クリノリン（鯨ひげや馬の毛で作ったペチコート）の下に瓶を隠して検問を通過したといわれている。

その後のナチス統治時代にも、同じ理由でショパンの曲は禁止された。

私たちが考える、センチメンタルな「ピアノの詩人」ショパンと、ポーランド人にとってのショパンは、同じ人物でありながら、まったく違う側面をみているのである。

私がワルシャワを発つ前夜、聖十字架教会のミサを訪れてみた。

聖十字架教会の堂内は、夜でも多くの人で溢れている。地元の人に交じって観光客の姿もあるが、皆一様に静かに祈りを捧げていた。石柱に歩み寄り、このなかに本当に心臓があるのかと手を当ててみても、石の冷たい感覚だけが残った。

ワルシャワ蜂起の際、聖十字架教会はドイツによって破壊されたが、心臓は無事だった。

様々な説があるが、一説によれば、音楽を愛するナチスの将校が、教会の司祭に攻撃の情報を伝えたのだという（しかしどうやら、こうしたナチスの人間的なエピソードは、この国にとって「好ましからざる物語」のようだ）。

疎開していた心臓は、戦後に教会が再建された際、また戻され安置された。

記憶のかさぶた

ここ聖十字架教会には、世界中の音楽ファンが集う。

しかし、教会の入り口からすぐ右手、やや奥まった一角に、「カティンの森事件」の慰霊碑があることに気付く人は少ないだろう。

有刺鉄線を思わせる柵の奥に、モニュメントと聖母子像が飾られている。その下には弾丸と、縄をイメージしたような装飾も施されていた。

教会という場所を考えると、そのスペースは一種異様でもある。周りとの調和がとれていないように思えるが、その前で足を止める人もほとんどいない。

その慰霊碑の横の柱には、カティンで犠牲になった主な人々の名前が刻まれた石板が掲げられている。そのなかに、ヤニナ・レヴァンドフスカの名前もあった。

記念碑
第二副官　飛行士　ヤニナ・レヴァンドフスカ
戦争捕虜となった唯一の女性
1940年4月22日没
クレムリンの命令は　ソビエト共産党当局によって
1940年3月5日に承認された

その石板は、かなり大判のものだった。黒の大理石には金の文字が彫られ、ヤニナの名前の横には、ポーランドの国章である「王冠をかぶった白鷲《しろわし》」の姿も刻まれている。

この記念碑は、カティン委員会によって二〇〇六年三月五日に設置されたという。捕虜の殺害命令が発令されてより六六年後の同日だ。

近年、ポーランド政府は全国各地に、積極的にカティンの記念碑を作っている。人が多く訪れる観光地に設置することが多いようだ。聖十字架教会はワルシャワ観光の目玉だし、古都クラクフでは、ヴァヴェル城の入り口付近にある。

国内だけに留まらない。二〇〇〇年、アメリカ合衆国ボルチモアに設置された「カティンの犠牲者」記念碑は、慰霊碑のなかでも最大級のものだ。高さは一七メートルを超える。

「自由の炎」と命名されたこのブロンズの慰霊碑は、その名の通り巨大なたいまつのような形をしており、その下にはふたりの将校と共に、女性のブロンズ像も設置されている。

この慰霊碑の作者であるアンジェイ・ピティンスキは、インタビューでこう述べている。

「あの女性は、ヤニナ・レヴァンドフスカです」

ポーランド政府は近年、「カティンの森事件」を周知させ、国際的な知名度を高めようとしているのだ。現政権になってから、この動きはさらに加速している。

ポーランドへの旅を決めたとき、私にはあまり不安はなかった。

日本での情報は圧倒的に少ないが、きっと行けばなんとかなるだろう。ポーランドでは、ヤニナは国民的な英雄なのだろうから、と。

しかし、こうしてワルシャワを訪れて、いま私は不安になっている。ヤニナ・レヴァンドフスカの名前を出しても、ほとんどのポーランド人が知らないのだ。

二〇一九年の六月に始まり、その年の終わりまでに、私は立て続けに三度ポーランドを訪れることとなった。その旅の途中で多くの人々と出会い、その度にヤニナのことを聞いてみるのだが、知っている人にはほとんど出会わなかった。

ワルシャワ大学で第二次世界大戦時の研究をしている教員まで、こう言うのである。

「カティンの森事件で、女性の犠牲者がいた？　初めて聞きましたね」

また、カティンの森事件に関する番組を作りたいと、ポーランド大使館やポーランド航空に伝えたときも、「カティンの森事件を？　一体、何をする気ですか……？」と、最初はかなり警戒された。

国民にとってカティンは、アウシュビッツと同じく、あまり触れられたくない過去である。そして共産主義時代には、事件そのものが「なかったこと」にされていたのだ。

終戦後、破壊されたワルシャワの再建には、多くの歳月が費やされた。

しかし、今日のワルシャワに、戦争の影はみえない。街はどこもかしこも隅々まで白く、美しく、かつての王国の栄華を思わせるまでに再興を果たしている。

まさに初夏のベストシーズンを迎えた街は、色とりどりの花で溢れ、人々は太陽の下で笑い合い、軽やかに音楽を奏でているのだった。

政府の思惑は別として、ワルシャワ蜂起も、カティンの森も、遠い昔の出来事のようだ。

「中世の香り漂う、美しきショパンの故郷」。それが現代のポーランド人が望む、祖国のイメージなのではないだろうか。実際、ポーランド政府観光局も、その集客数にかかわらず、ワルシャワ蜂起博物館やアウシュビッツをプレス・ツアーから外している。

私がやろうとしていることは、国民の意識を薄く覆うかさぶたを剝がして、塩を塗り込むような行為なのだろうか？

ソ連の亡霊をみる

ホテルに戻ると、二十三時近くになっていた。椅子を使って腰高窓によじ登ってみると、今夜も文化科学宮殿が真正面にみえる。

私はひとりで海外に出ると、なるべく景色のよくみえる部屋にしてもらう。

そして窓際に座り、何時間でも外を眺める。真夜中にひとりで外に出る度胸がないのだ。こうして安全圏に隠れながら、その国の人々の生活を、私はじっと観察している。

文化科学宮殿のなかには、ナイトクラブやバーもあるそうだ。深夜十二時を過ぎた頃から、若者が続々と大通りに出てきて奇声を上げ始めた。

迎えの車に乗り込む人もいれば、そのまま公園のベンチで酒をあおる人もいる。たまにパトカーがサイレンを鳴らしながら通るが、それを気にする様子もない。

彼らは民主主義を謳歌しているのだ。スターリンの楔も、いまは遊び場でしかない。

スターリンは摩天楼の美しさを、革命の勝利と、社会主義の発展の象徴と考えていたらしい。ニューヨークの摩天楼に対抗して、多くのスターリン様式の高層ビル群を国内に建設していった。ロシア外務省、モスクワ大学本館などが有名だが、その美しさから、七つの建築群は「セブン・シスターズ」と呼ばれている。

戦後、ソ連の衛星国となったポーランドにも、この八人目の〝妹〟がプレゼントされたわけだが、ワルシャワ市民にとっては支配の象徴でもあった。


私がこれとそっくりの建物をみたのは、旧ソ連時代のモスクワでのことだった。

十歳のとき、私が自宅の居間でテレビを観ていると、「こども特派員募集」という文字が飛び込んできた。ＴＢＳの番組でソ連に行って、現地で取材をする小学生を募集しているというのだ。

応募要項は、なぜソ連に行きたいのか、その理由を書いた作文をテレビ局まで送ってほしい、という簡単なものだった。

ソ連という国はよく知らなかったけれど、父は興奮して「俺、一度ソ連に行ってみたかったんだよ。応募してみろよ」と私に言った。学生運動を通じて出会ったという両親にとって、ソ連はそれなりに思い入れのある国だったようだ。

私は翌日に原稿用紙三枚の作文を書き、ポストに投函した。なにせ共産党時代のソ連である。あまり応募もなかったのだろう。私は五人の「こども特派員」のひとりに選んでもらい、一九九一年七月に数週間、モスクワに滞在することになったのだ。

これは十歳の私にとって、思いがけない僥倖だった。初めて行く外国が「ソビエト連邦」だったという子供は、日本中探してもなかなかいないだろう。

当時は、ＴＢＳの記者だった秋山豊寛《とよひろ》さんが、ソ連の宇宙船ソユーズに搭乗し、日本人として初めて宇宙に行った直後だった。私が出演した番組もその派生企画で、ソ連側との密接なコミュニケーションがあって実現した番組だったという。

モスクワへ到着した私は、市内の家庭にホームステイしたあと、郊外のコルホーズ（集団農場）にも数日間滞在した。このときのコルホーズ体験はなかなかに過酷で、農家の屋根に空いた大きな穴や、汲み取り式のトイレ、搾っても搾っても出ない痩せたヤギの乳など、ソ連という国の「裏面」をみた気がしたものだった。

しかし、太陽を浴びて輝く一面の小麦畑は、喩えようもないほど美しかった。いまでも時々、その光景を思い出すことがある。

思い返せばソ連とは、美しさと残酷さが一つ屋根の下に同居するような、アンバランスな国でもあった気がする。

コルホーズのあとはモスクワに戻り、様々な場所を訪れた。当時は封鎖都市だった宇宙飛行士訓練所『星の街』も見学したし、『プラウダ』から取材をうけて新聞記事にもなった。

ハイライトは、クレムリンの最深部である「ゲオルギーの間」に招待されたことだ。

いま思うと、私は自覚なしに、ソビエト連邦の核となる部分を見て回っていたのである。

その番組の目玉として、最終日には子供たちとゴルバチョフ大統領が面会する、という予定が組まれていたのだが、そのスケジュールはソ連側から急にキャンセルされた。

現場は大混乱し、訳がわからぬまま私たちは帰国の途についたのだが、やがてその理由を知ることとなる。帰国からちょうど一か月後、モスクワで軍事クーデターが勃発したのだ。

ゴルバチョフは別荘に幽閉され、モスクワ市内を戦車が走行した。ロシア政府ビル前には、クーデターに反対する市民一〇万人がバリケードを築き、強行突破を試みるクーデター軍と衝突。市民側に十数人の犠牲者が出た。

モスクワで会った人たちは無事だろうか――。私はその光景を、自宅のブラウン管越しにみつめることしかできなかった。

結局、このときのクーデターは失敗に終わったが、事件をきっかけとしてソ連共産党が解体され、その年のうちにソビエト連邦は崩壊した。

一九九一年のクリスマスの夜、クレムリンに掲げられていたソビエト連邦の国旗がゆっくりと降ろされ、ソビエト連邦はその六九年の歴史に幕を閉じた。

私が初めて行った「外国」は、こうして地上から跡形もなく消滅したのである。

それから二五年間、私はあの国が、もうどこにも存在しないということを信じられないまま生きていた。頭で理解はしていたが、実感することができなかったのだ。

食べ物を買うための長い行列、白夜のコルホーズ、床下の密造酒、誇らしげな宇宙飛行士たち――。本当に全部なくなってしまったの？

ソ連時代を知る人々とその記憶を語り合うとき、「あれは酷い国だった、しかし、あれ以上奇妙で、興味が尽きない国もなかった」と、誰もが亡国を懐かしみ、慈しむ表情になることを私は知っている。ソビエト連邦という国は、それほどまでに強烈なインパクトを私にのこし、世界地図から忽然と姿を消した。

そしてながい年月をかけて、両親にとっての「ソ連」も、徐々に形をかえていったようだった。誰もが平等で、貧富の差がない世界。そんな場所はどこにも存在しないと、遅ればせながら気付いたのだろう。ユートピアを信じるには、ふたりとも現実に身を浸しすぎていた。

しかし縁とは不思議なもので、二〇一六年に再びロシアを訪れたことがきっかけとなり、私はロシアに関する本を執筆することになった。

本のなかで私は、十歳のときにみたソ連の思い出をひとつひとつ、丁寧に書き記していった。二五年前の日記が大いに役立ってくれたので、何事も記録は残しておくものである。

出会った人々とのささやかな会話や、美味しかったもの、不味かったもの、とるに足らない日常の出来事。消えてしまった国に生きた、小さな人々の声。

書いている間じゅう、私はずっと「ソビエト連邦とは何だったのか」ということを考えていた。そして、その作業によってようやく私は、自分のなかの「ソ連」を成仏させることができた。そう思っていた。

しかし、いまこうして再び目の前に現れた文化科学宮殿の姿はどうだろう。ライトに照らされ、闇夜に浮かび上がるその姿は、亡霊のように青いのだ。

第二章 ✣ ふたりの将軍

アウシュビッツの少年

遠くに響くラッパの音で、目が覚めた。

ワルシャワから高速鉄道で約二時間半、古都クラクフの宿に私はいる。

クラクフ滞在中は、フロリアンスカ門にほど近い安宿に泊まる予定だった。しかし、強烈なマリファナ臭を漂わせた隣室の男にしつこく絡まれたうえ、部屋のあまりの馬糞臭さにまいってしまい、翌日には宿を移ることを決意したのだった。

ネットで検索したところ、中央広場に面したアパートメント・ホテルが、五〇％オフの値段で出ている。慌てて予約すると、すぐに宿から電話がかかってきた。

「実は当宿には、クーラーがないのです。ポーランドではそういう家も多いのですがね。しかし、さすがにこの猛暑なので、このお値段で出しているわけですが、ご納得いただけますか？」

東京のコンクリート・ジャングルから来た私は二つ返事でＯＫして、この広場を見下ろす部屋に移ってきたのだった。

それにしても、バカンスシーズンにおける夜のクラクフの賑わいは、想像以上のものだった。数日前から大熱波が到来しているというのに、深夜二時を過ぎても広場には人があふれ、歌声や食べ物の匂い、観光用の馬車の蹄の弾む音がいつまでもやまない。

申し訳程度に宿側が置いてくれた、二台の巨大な扇風機を回しながら、私は窓を開け放った。

朝の喧騒に耳を傾けていると、きっかり一時間ごとに聞こえてくる音がある。聖マリア教会の尖塔から響くラッパの音色だ。

やや間延びしたような旋律を奏でているが、曲の途中でぷっつりと途絶えてしまう。最初は奏者のミスかと思っていたが、そうではなかったようだ。

時は一二四一年、この街はモンゴルの急襲をうけた。ある兵士が危険を知らせるため、広場に向けてラッパを吹き鳴らすが、敵の矢が彼の咽を貫いてしまう。その勇姿を悼んで、いまでも毎時ラッパを鳴らし、兵士がこと切れたのと同じ箇所で曲を終わらせているそうだ。

クラクフは、日本でいえば京都にあたる街だろう。ポーランドの黄金期であった十四世紀から十六世紀に首都が置かれ、中世の美しい街なみを現代まで遺している。

第二次世界大戦中はナチス・ドイツに占領されていたが、ワルシャワと違って奇跡的に破壊を免れた。そんなところも、日本の京都に似ているのかもしれない。

中央広場を中心としたクラクフ旧市街は、ユネスコの世界遺産が誕生したとき、最初に選出された十二の場所のうちのひとつでもある。

日本人にはあまり馴染みがないが、治安もよく、物価も安いクラクフは、ヨーロッパを代表する一大観光都市だ。バカンスシーズンにはヨーロッパ各地から観光客が押し寄せ、人々は夜通し美食と酒に溺れる。

「この街は、昼はみんな寝ていて、夜に元気になるといわれています」

地元の人はそう言って笑うが、まあ、つまり羽目を外しに来るのだろう。

とはいえ、私はクラクフ観光に来たわけではない。今日はクラクフ中央駅前からバスに乗って、アウシュビッツまで行くのだ。

強烈な日差しが、じりじりと肌を焼いていく。時おり乾いた熱風が吹き付け、土埃が舞う。

なんという暑さ。口のなかがからからに乾いて、ペットボトルの水を口に含んでも、上手に飲み込めない。なにかの刑罰を受けているかのようだ。

陽炎《かげろう》に歪むレールの先には、見覚えのある駅舎がみえた。

国立アウシュビッツ・ビルケナウ博物館。「アウシュビッツ」はドイツ語名であり、ポーランド語ではこの場所をオシフィエンチムと呼ぶ。

アウシュビッツ強制収容所がどんな施設であったのか、説明はいらないだろう。

この場所は第二次世界大戦における恐怖、そしてナチス・ドイツによる狂気の代名詞として、世界中にその名を轟かせてきた。

バスがアウシュビッツに到着すると、この猛暑にもかかわらず、入場口には長蛇の列ができていた。私の訪れた二〇一九年、アウシュビッツの来場者数は、過去最高の二三二万人に達したという。それまでの過去最高であった前年より、さらに一七万人も増えた。

内訳は、ポーランド人四〇万人、イギリス人二〇万人、アメリカ人一二万人、ドイツ人七万三〇〇〇人、その他多くの国籍の人々が、この場所を訪れる。

近年は、唯一の日本人公式ガイドの存在もあって、日本からの来訪者も増加しているそうだ（施設内は、公式ライセンスをもつガイドの案内でしか回ることができない）。

一〇〇万人以上（アウシュビッツの公式見解では一一〇万人）が殺害された現場を、年二三〇万人が見物しに押し寄せる。なんだか皮肉な話だが、人類の犯した最大級の犯罪行為を目撃せんと、人々はアウシュビッツをめざすのだ。

私のグループを案内したポーランド人ガイドは、ゾフィアという女性だった。彼女は、淡々と事実や数字だけを述べていくスタイルで、個人的な感情や見解を交えたり、脅かしたりするようなところもなく、好感が持てた。

なにせ、アウシュビッツには現代でも、真偽不明の様々な噂話がつきまとう。ほとんど怪談に近いものさえある。その代表的なものは、看守の妻が、囚人の皮膚で作ったランプを自宅に置いていたという、いわゆる「人皮ランプ」の伝説だろう。

これに関しては、ドイツのブーヘンヴァルト強制収容所所長の妻であったイルゼ・コッホの噂と混同している可能性がある。アメリカのケーブルテレビ局が、人皮と噂されるランプの成分鑑定を行ったが、結果は豚の皮だったそうだ。

また、囚人の脂肪で石鹸を作っていたというのも、一種の都市伝説のようである。

しかし、アウシュビッツの展示室では、ここで確かに非人間的行為が行われていたという、動かしがたい証拠をみることができる。

天井まで積み上げられた靴やかばん、大量の義足、眼鏡や櫛などの日用品。刈り取られた女性の髪の毛も二トンほど展示されており、一キロが〇・五マルクで買い取られていたという。

金目のものが入った荷物が集められる場所は「カナダ」と呼ばれ、金歯も抜かれて溶かされていたのは有名だ。こちらは一キロ五マルク、およそ一五〇〇人分で七キロの金塊となったそうだ。

また、殺虫剤であるチクロンBの空き缶も、おびただしい数がのこされている。ひと缶で五〇〇人を窒息死させる効果があったといわれるが、最初の実験段階では用量調節が難しく、囚人は死ぬまでに二日間苦しんだ。

これらの犯罪の証拠は、当のドイツ人たちによって詳細に記録されていたので、現代でも私たちはその事実を知ることができる。

「ドイツ人は、記録するために記録するのです」

ガイドの女性はそう言った。わかるような、わからないような言葉だが、そんな彼女が唯一、個人的な感情をみせた瞬間があった。

「戦後、多くのボランティアが展示する遺品を綺麗にしましたが、六歳の男の子の靴の底から、一〇〇点満点のテストが出てきました。靴の底は、多くのユダヤ人にとって一番大切なものを隠す場所。この意味がわかるでしょうか」

一〇〇万分の一の少年を想って、私たちは沈黙した。

ポーランドとユダヤ人

アウシュビッツが当初、ポーランド人政治犯の収容施設として設立されたことは、あまり知られていない。ユダヤ人だけでなく、ポーランド人七万〜七万五〇〇〇人、ロマ二万一〇〇〇人、ソ連人捕虜一万四〇〇〇人の他にも、同性愛者や身体障がい者もここで殺害されている。

ポーランドは、第二次世界大戦で約六〇〇万人の国民を失ったといわれるが、そのうちの二七〇万人から三〇〇万人がユダヤ人であったとされる。

戦前のポーランドは、人口約三〇〇〇万人のうち、三分の一が他民族で構成された国家だった。ウクライナ人、ベラルーシ人なども多く暮らしていたが、ヨーロッパでは最も多くのユダヤ人が住む国だったことが、数字からもわかっている。

彼らの多くは都市部で生活していて、戦前のワルシャワの人口のうち、三分の一がユダヤ人だったともいわれている（すべてティモシー・スナイダーによる推計）。

例えば、クラクフの南側にあるカジミエシュ地区は、ポーランド最大級のユダヤ人街だ。映画『シンドラーのリスト』に登場するシンドラー社の工場はここにあり、映画のロケもこの地区で行われた。

映画の暗いイメージとは違い、近年は最先端のスポットとして注目される、オシャレな地区へと変貌を遂げた。実際に歩いてみると、一種独特の雰囲気がある街なみが続く。

欧米人と同化したユダヤ人が多いなかで、いまでももみあげを伸ばし、帽子を被った伝統的な黒服スタイルのユダヤ人をみることができる、希少な地区でもある。

中世後期、ドイツなどから追い出されたユダヤ人は、ポーランドへと避難してきた。以降ポーランドは何世紀にもわたり、ヨーロッパのユダヤ人社会の中心地でもあったのだ。

ヒトラーはヨーロッパからユダヤ人を排除しようとしていたが、実は標的は、ユダヤ人だけではなかった。国家としてのポーランドとソ連を消滅させ、何千万人ものスラヴ民族を地上から消し去りたいという、狂気のプランを抱いていたといわれる。

アウシュビッツをはじめとする収容所は、その「民族浄化作戦」の象徴でもあった。

しかし近年、この「負の遺産」をめぐって、多くの問題が噴出している。あまりにも有名になりすぎたアウシュビッツは、ポーランド国民を困惑させてきた。

ポーランド政府は長年にわたって、各メディアがアウシュビッツを「ポーランドの収容所」と呼称することに対する抗議を続けてきた。アウシュビッツはナチス・ドイツによって生み出されたが、現在の地図上ではポーランドにあるため、大きな誤解を招くというのだ。

二〇〇七年、ユネスコは登録名を「オシフィエンチムにある旧強制収容所」、及び「アウシュビッツ・ビルケナウ——ナチス・ドイツの強制絶滅収容所」と改めた。

親EU派に代わり、二〇一五年から政権を担う与党「法と正義（P.i.S）」は、さらに踏み込んだ議論を開始する。

二〇一八年二月、ポーランド上院、及び下院議会は、新しい法律を可決させた。

アウシュビッツを「ポーランドの収容所」と表現したり、収容所での犯罪行為の責任がポーランドにもあるかのような、間違った認識を広めようとする人物には、罰金または最高三年の禁錮刑を科す、という内容のものだ。

下院での可決後、イスラエル政府は法案の取り下げを要求。アメリカからも、「言論の自由を侵害し、学術分野での使用を制限しかねない」との懸念が寄せられ、その後、禁錮刑などの罰則の一部が取り除かれたそうだ。

「法と正義」は、非常に保守的なカソリック右派政党だといわれている。ポーランド・ナショナリズムを推し進め、愛国心を煽ることで支持を得てきた側面もあるという。

アウシュビッツに関する議論は、これからも続いていくだろう。カティンもアウシュビッツも、ポーランドという国の癒えない傷なのだ。


アウシュビッツをめぐる物語の最後に、私が旅の途中で出会った女性について、ここに書き記しておきたいと思う。

ポーランドでの取材の最終盤、私と通訳のカタジナは、ポズナンからワルシャワに向かう電車に乗っていた。車両は旧型のＴＬＫで、現行車としては最も古い型だ。

全四両編成で、座席は昔ながらの個室型コンパートメント、八人掛けである。

四時間ほどの道のりを、鈍行の旧型車両でガタゴトと進んでいたのだが、向かい合わせの席に座った女性が話しかけてきた。コンパートメントには、私たち三人きり。居合わせた客同士で会話をするのは、シベリア鉄道にも似ている。

あなた日本人？　というお定まりの会話から始まり、やがて、私がカティンの森事件を調べていること、女性飛行士に関する本を書きたいと思っていることなどに話は及んだ。

「先週は、アウシュビッツにも行ったんですよ」

このひとことを境に、女性の表情が少し変化した。そして、彼女は語り出した。

「あなたには覚えておいてほしいわ。虐殺に加担していたのは、ユダヤ人自身なのよ。ユダヤ人が協力していなければ、あんなに大量の人を殺せなかった」

ゾンダーコマンドと呼ばれるユダヤ人の囚人作業員は、どの収容所にも存在した。主に遺体の処理などに従事していたとされるが、命が助かるなら、私だってその道を選んだはずだ。この女性だって、そうではないだろうか？　そんな疑問をよそに、彼女は続ける。

「あなた、アウシュビッツでダビデの星の旗をもったり、肩にかけたりしている子供たちを見なかった？　彼らはアメリカやイスラエルから来ているのよ」

確かに、そのような子供たちをアウシュビッツで見たような気もする。修学旅行のように集団で歩いていて、肩にイスラエルの国旗をかけた子も何人かいた。

「あの子たちは、自由行動も禁止されていて、訪れる場所もユダヤ関係の場所だけ。ポーランドは怖い国だと思い込んでいる。現代のポーランドでよ？　本当に悲しいわ。こうなったのも、きっとアメリカ映画のせいね」

私はその女性をまじまじと見た。ごく普通の、典型的なポーランド人ともいえるルックスの中年女性だ。こういう人は、どこの国にも一定数いるものだなぁ、と私は興味深かったが、しかしこちらこそ言いたい。ここは本当に現代のポーランド？

女性の興奮は、収まる気配を見せない。

「ユダヤ人は、戦後ずっとポーランド人に対して、奪った財産を返せと言い続けているのよ。ポーランド侵攻のときに、ドイツ人が財産を略奪して、全部列車でドイツに送ってしまったから。財産も土地も、全部を私たちポーランド人に返せっていうのは納得がいかないわ」

彼女が話した内容は、すべてが完全なデマである。それは歴史学者によっても証明済みだ。

しかし、少数派であるにせよ、こうした考えを持ち、公然とそれを言い放つ人間がいることも、また戦後ヨーロッパの影の一面なのだ。

私の書きたい本は、あくまでひとりの女性飛行士とその一族を追う人間ドキュメントだ、と伝えると、満足げに頷いて、彼女はジャム入りのドーナツを差し出した。

ドーナツを咥えながら窓の外を見る。粗いジョイント音が、妙に腹に響いた。

地平線まで続く田園風景は、きょうも平和そのものだ。

ヤニナとアグネシュカ

グダニスクは、一〇〇〇年以上の歴史を誇るバルト海沿岸の海運・貿易都市である。かつてこの地は、自由都市ダンツィヒと呼ばれていた。

この街を特徴づける景色といえば、なんといっても運河だろう。

街の心臓部を悠々と貫くグダニスク運河には、中世の帆船を模した遊覧船が行き来する。運河を囲む赤レンガの建物は、ドイツ建築の影響をうけているだけあってどれも重量級だ。華やかなりしハンザ同盟の残り香に、観光客は酔いしれる。

この運河沿いに、近年新たな博物館が誕生した。

博物館の外観は、非常にモダンな造りだ。一面ガラス張りだが、ピサの斜塔のように海に向けて身体を傾けており、前衛芸術を扱った美術館のようにもみえる。旧市街から運河にかけて続く中世の街なみのなかで、かなり異様な雰囲気を醸し出していた。

　この建物の名前は『第二次世界大戦博物館』。二〇一七年に開館し、展示会場は総面積五〇〇〇平方メートルにも及ぶ。展示はテーマごとに十八の部屋に分かれており、ポーランド国内の出来事だけでなく、第二次世界大戦そのものを扱った画期的な博物館だ。

　昨夜、無事に合流した通訳のカタジナと共に、開館時間ぴったりにエントランスを潜ると、この博物館の研究部長（現・副館長）であるマレク・シマニアク博士が迎えてくれた。

「ようこそいらっしゃいました。日本人のゲストを迎えることができ、嬉しく思います」

　彼の専門は、『第二次世界大戦時におけるポーランド・レジスタンスの闘争』だそうだ。そして博士は、ヤニナ・レヴァンドフスカとその家族にも興味をもっているらしい。

　シマニアク博士はまず、天井から白い垂れ幕が吊るされた展示室に私を案内した。垂れ幕には、プロジェクターによって、ふたりの女性の写真が交互に映し出されている。

「これらの写真は、カティンの森で殺害されたヤニナ・レヴァンドフスカ少尉、そして彼女の十一歳下の妹であったアグネシュカのものです」

　写真は次々と展開していく。幼い頃の姉妹。飛行機の前で微笑むヤニナ。妹アグネシュカと弟のオリギュルド。そして、一家の家族写真。

　どの写真の姉妹も若く、瑞々しい。ヤニナは黒髪で鷲《わし》のような鼻をもち、思慮深げな目をしている。男勝りな勇猛さは、写真からは感じられない。

一方、妹のアグネシュカは華やかな雰囲気をまとっており、二十歳のポートレートは女優と見紛うほどである。タイプは違うが、美しい姉妹だ。

「ご存じの通り、姉のヤニナはソ連の捕虜になったあと、カティンの森で殺害されました。その間、妹のアグネシュカはワルシャワでレジスタンス組織のメンバーとなり、姉とほぼ同時期にナチスに虐殺されているのです」

「え、ヤニナの妹も虐殺事件の被害者だったのですか？」

「そうです。しかし、ポーランド人にとっては、特に珍しい話ではないのですよ」

カタジナも隣りで平然と頷く。この国の歴史の凄みを予感させる平静さだった。

垂れ幕の手前には、ガラスケースのなかに軍旗と軍章が収められている。姉妹の父親である、ユゼフ・ドヴブル＝ムシニツキ将軍の率いた『ウェルコポルスカ軍（大ポーランド軍）』の旗印だ。

「ムシニツキ将軍の功績といえば、なんといってもウェルコポルスカ蜂起の最高司令官を務めた人物だったということでしょう。

ウェルコポルスカ蜂起は、ポーランドの歴史のなかで唯一成功した蜂起だといわれています。ポーランドが地図から消えて以降、大小合わせて数えきれないほどの蜂起が起きましたが、負け続けでした。ポーランドの歴史の転換点としても、非常に重要な勝利だったといえます」

「かなりの大物だったのですね。カティンで殺害されたとき、ソ連側はヤニナがムシニツキ将軍の娘であることを知っていたのでしょうか」

「当時はすでに結婚して、ヤニナは夫の姓になっていました。また、身元を隠すためか、ソ連側には生年月日をかえた身分証明書を提示していたので、将軍の娘であることは知られていなかったと考えられています。
収容所では、暴力を伴う拷問などは行われなかったようですが、ヤニナには折につけての尋問や、様々なプレッシャーが与えられたと想像されます。彼女はそれに最後まで耐え、身元を明かすことはなかったのでしょう」

ヤニナ・ドヴブル＝ムシニツカとして生を享けたヤニナは、飛行クラブで出会ったパイロット、ミエチスワフ・レヴァンドフスキと結婚し、レヴァンドフスカへと姓がかわった。

しかし、結婚してすぐに戦争が勃発。新婚生活を楽しむ暇もなく、ヤニナは従軍している。

「捕虜となったヤニナは、その年の十二月にはソ連領コゼリスクの収容所に移されました。捕虜はジュネーブ条約によって守られるはずでしたが、ソ連は完全に無視したわけです。
収容所では、赤軍に協力するよう教育が行われましたが、造反者は僅かで、最終的にはほとんどの捕虜が虐殺されてしまいました。
ヤニナは唯一の女性ということもあって、収容所では個室が与えられていたようです。服は男性用の軍服を着ていて、女性にはサイズが大きく、可愛らしいとはいえないものでした。
カティンで発見された兵士の日記などにいくつかの記録がのこされていますが、彼女は勇気があって、強い女性であったといわれています」

戦後、カティンでポーランド人将校が虐殺された話は、

妹・アグネシュカ

国民のなかでタブーとなった。ソ連の支配下にあって、一切話してはいけない、存在しない事件とされたのだ。

「ソ連の敵であったヤニナの父親の名前も、教科書には出さないようにされていました。結局、事実が公開されたのは、ポーランドが民主化したあとのことです。スターリンの恐ろしい悪事は、隠しおおせなかったわけですね」

一方、十一歳年下の妹、アグネシュカ・ドゥブル＝ムシニツカは、開戦後すぐにナチス占領軍と闘う地下組織「ヴィルク（狼）」で活動を始めた。やがて逮捕され、ワルシャワのパヴィアク監獄に収監される。

パヴィアク監獄は、激しい拷問が行われていたことで有名だった。歯が抜けるまで殴ったり、爪を剝がしたりといった行為が、ナチスによって日常的に行われていたという。

「彼女が拷問をうけたかどうかを示す資料はありませんが、可能性は非常に高いと思います。ヨーロッパの文化では、女性に暴力を振るうのは最も下品なこととされていますが、ナチスにはそんなことは関係ありませんからね」

唾棄すべき、という言葉を体現するかのような表情で、シマニアク博士は言った。

一九四〇年六月二十一日、アグネシュカはドイツ兵によって射殺された。それは姉のヤニナがカティンの森でソ連兵に殺害されてから二か月後のことで、アグネシュカはわずか二十歳だった。

アグネシュカを含め、多くのポーランド知識人をナチスが大量虐殺したこの事件は、「パルミリの虐殺」と呼ばれている。

パルミリは、ワルシャワから二三キロに位置する村の名前だ。この村の原生林で、ナチスによって一万七〇〇〇人以上のポーランド人とユダヤ人が殺害され、埋められた。

一九三九年から一九四〇年にかけて、ポーランドの指導層や知識層を対象に行われたナチスによる大量虐殺は「知識人弾圧行動」（インテリゲンツァ・クツィオン）と呼ばれる。ドイツ官憲によって数万人のインテリ層が逮捕され、そのうちの多くを殺害。残りは強制収容所に送られた。

ヤニナと夫のミエチスワフ

アグネシュカと同日にパルミリで殺害された人物のなかには、ポーランド国会議長やワルシャワ副市長、そして、オリンピック一万メートル走のメダリストである国民的英雄、ヤヌス・クソチンスキがいる。

どの人物もポーランドにとって重要人物だが、特にクソチンスキはいまも国民から絶大な人気があるヒーローだ。元はワジエンキ宮殿で庭師として働いていたが、仕事の合間に練習を重ね、ロサンゼルス・オリンピックで金メダルを獲得している。

この「パルミリの虐殺」は、カティンの森事件と並び、祖国の悲劇のシンボルとしてポーランド国民に記憶されているという。

アウシュビッツが「民族浄化」の象徴であるなら、カティンとパルミリの虐殺は、まさに「階級浄化」の象徴だった。

ふたつの狂気

ヒトラーとスターリン、このふたつの狂気に挟まれたポーランドは、大戦中に被った甚大な被害を、戦後の世界史から無視されてきたといってもいい。

そもそも、戦争前から異変は起きていた。一九三七年から翌年にかけて、控えめに見積もっても八万五〇〇〇人のポーランド人がスターリンの大粛清によって殺害されたといわれる。

これは、大粛清による犠牲者の八分の一にあたり、スターリンによるポーランド人の迫害は、カティンに始まったわけではないことがわかる。

さらに、戦争の勃発でドイツとソ連に国境線が分けられると、両国はそれぞれの占領地域で、ほとんど同じような行動に出た。「ポーランドの頭を切り落とす」行為だ。

「奴隷階級に貶めることができるのは、上層階級を失った民族だけである」

このヒトラーの号令の下、ナチスは占領したポーランド国内で指導層や知識階級を逮捕し、次々に殺害した。頭脳を失った民は、ただの烏合の衆となり果てるはずだと。

またソ連も、同時期にポーランドの知識階級を大量虐殺し、おびただしい数のポーランド人を中央アジアやシベリアなどに強制移住させた。「カティンの森事件」は、その最中に起こった事件だったのだ。

「カティンの森」事件によって殺害された二万二〇〇〇人は、陸軍将校たちだけではなく、予備役の大学教授、幹部公務員、神父、医者など、ポーランドの精華と呼ぶべき人々だった。ヤニナ・レヴァンドフスカも、もちろんそのひとりだ。

ドイツ、ソ連共に、占領の際に最も警戒するのは、高レベルの教育を受けた知識層だった。インテリたちが最初に虐殺され、ともに高等教育を受けた姉妹もまた、同じ運命を辿ったのだ。ふたりの死が時を同じくしたのも、偶然の一致ではない。

「それにしても、姉はソ連兵に、妹はその二か月後にドイツ兵によって殺害されるなんて、まるでポーランドに起こった悲劇を、このふたりが象徴しているかのようですね」

私がそう言うと、シマニアク博士は身を乗り出し、興奮した様子で話し始めた。

「そう、そうなんです！　この若く、美しい姉妹に起きた悲劇は、まさに私たちが味わった苦難そのものなのです。だから私は、博物館がオープンする際に、このようにふたりの特別なコーナーを設けました。あなたがそれに気付いてくれて、とても嬉しい」

私はもう一度、垂れ幕を見上げた。そこにはスライドショーで、次々にふたりの写真が映し出されている。結婚式ではにかみながら笑顔を見せるヤニナ、湖に浮かぶボートに水着で大胆に寝そべるアグネシュカ……。

「見て見て、着物を着ていますよ！」

カタジナが指をさす。アグネシュカが着物のような着流しを着て、庭で水やりをしている写真だった。『おしん』の影響か、着物が大好きだというカタジナは、喜んで写真を撮り始める。

「この頃には、日本の物や家具など、上流階級の間で非常に重宝されていましたからね。着物をもっている女性もめずらしくありませんでした」

パリ万博に始まったジャポニスム旋風は、遅れてポーランドでも花開いていたわけだ。

家族そろっての記念写真に写るヤニナは、十四歳くらいだろうか。厳格そうなムシニツキ将軍の隣りでちょっと表情が硬いが、左手はアグネシュカの小さな肩をしっかりと抱いている。大切な宝物のように。

その写真のなかに、彼女たちの行く末を暗示させるものは、どこにも見当たらなかった。

「戦争中、ポーランド人の生活は二つに分かれました。普通の日常生活と、地下組織による運動です。ポーランド人にとっては、地下運動の方がより重要な位置を占めていました」

ナチスとソ連に侵攻されたポーランド人も、ただ黙って蹂躙《じゅうりん》されていたわけではない。ポーランド全土にわたって、地下教育やレジスタンス運動が活発に行われた。

ＰとＷが組み合わさったマークは、ポーランド地下組織のシンボルである。Ｐがポーランド、Ｗが「闘い（walka）」を表しており、「ポーランドが闘っている」という意味が込められている。

いまでもワルシャワの街を歩けば、いたるところにこのマークをみることができる。

またＷの文字は、怒りの発露でもあり、私たちはここから動かない、という意志も込められているそうだ。

ポーランドがまだ闘っている証拠として、レジスタンスは街のあちこちに、このマークを書き記していった。民家の壁、地面、扉……。戦時中は目立つところに、必ずそれはマークされていたという。それを目にした人々は、「あぁ、誰かがまだ、私たちのために闘っている」と、未来に希望を繋いだ。

頭を切り落としたあとのドイツの方針は、徹底していた。ポーランド人を肉体労働者とみなし、算数は五〇〇まで数えられれば十分、学力も読み書き程度ができれば上出来。それ以外は不要とみなして、学校ではドイツ語での初期教育しか行わせなかった。

しかし地下運動では密かに、大学レベルの高度な教育も提供しており、秘密裏に正式な高校の卒業試験なども実施していたという。

「もし地下教育のことが知られれば、教師、生徒はともにその場で逮捕されますが、活動が止まることはありませんでした。皆、いつかこの国が復活するという希望を捨てずにいたのです。準備がなければ、その日が来ても何もできませんから」

レジスタンス同士の連絡役には、怪しまれにくい女性や子供が活躍した。大事な文書は、女のスカートの下や、赤ちゃんのおもちゃのなかに忍ばせて運ばれたという。

男性だけではない、女も、子供も、老人も、すべての国民が闘士だった、と博士は語る。

この博物館に展示された、第二次世界大戦中の各国の死亡者数を表した棒グラフからは、興味深い数字が見えてくる。赤が軍人、緑が民間人だが、ポーランドに関しては、軍人に比べて民間人の犠牲者の数が突出しているのだ。

地下では二〇万ともいわれるレジスタンスが、着々と準備を進めていた。こうして国民は、破滅的なワルシャワ蜂起に向かって突き進んでいくことになる。

最後に、シマニアク博士が熱心に話したのは、ユダヤ人とポーランド人の関係についてだった。

「オランダのアンネ・フランクの悲劇は世界的に有名ですが、彼女たち一家を匿った人たちは、その後逮捕されることはなかったでしょう？　しかしポーランドでは、匿った人間も収容所に送られるか、拷問の後に殺害されました。パン一切れをユダヤ人に渡しただけで逮捕された例もあるのです」

それでも、ポーランド人は多くのユダヤ人を救ったのだという。

戦後、イスラエル政府のホロコースト記念館から授与された『諸国民の中の正義の人』の称号を、ポーランド人は七二三二人も受けている。これは、自らの生命の危険を冒してユダヤ人を守った非ユダヤ人の人々を表す称号だ。

ポーランド国内では、ワルシャワ動物園内で三〇〇人のユダヤ人を匿ったジャビンスキ園長夫妻や、ユダヤ人に住居を提供し、幼子を含む家族全員が殺害されたウルマ一家などが、その代名詞となっている（ちなみに日本人では、リトアニア領事代理としてユダヤ人に「命のビザ」を発行したことで知られる杉原千畝が、ただひとりこの称号を受けている）。

そして、ホロコーストの存在が世界に最初に知られたのも、自らアウシュビッツに潜入し、収容所内部から抵抗運動を組織したヴィトルト・ピレツキの報告があったからで、かくもポーランド人はユダヤ人のために命を懸けたのである、云々――。

シマニアク博士の言葉には、何やら一抹の教義的な響きも含まれてくるのだった。

多くの国の人間にこれらの真実を伝えることこそが、これほど立派な博物館がグダニスクに誕生した理由のひとつなのかもしれない。しかし、「真実」とは何だろうか？

結局、その時代を生きた人間ひとりひとりの記憶の集合体でしかない。

ポーランド人、ユダヤ人、ロシア人、ドイツ人、それぞれにとっての真実があり、それらは決して交わることはないのだ。

たっぷりと館内を回ったあと、シマニアク博士は博物館の出口まで送ってくれた。

当初、取材の申し込みをしたときは、一五分しか時間がとれないということだったのだが、結局、博物館を出るまで付きっ切りでガイドをしてくれた。

丁寧にお礼を言うと、真剣な顔つきで彼はこう言った。

「日本から、ヤニナ・レヴァンドフスカ少尉のことを調べにあなたが来ると聞いたときは、一体何事だろうと思ったのですが、最初のあなたのいくつかの質問で、これがなにかいい加減なものでないことがわかりましたからね。あなたは本を書き上げるでしょう」

そして腕時計を見やって、いまから運河に急げば、ヴェステルプラッテ行きの最終船に間に合うかもしれませんよ、さあ、走って！　と笑顔で私たちを送り出してくれたのだった。

そして戦争は始まった

船は、グダニスク湾を縫うように進んでいる。

甲板に出ると、思いがけず肌寒い。グダニスクはポーランド北端の地ではあるが、あの猛烈な熱波はもう去ったのだろうか。つい昨日はクラクフの空港で、三五・四度を表示した温度計の前で人々が記念写真を撮っていたのに。

それはポーランド人にとっては衝撃の数字だったようだ。エアコンのない家で多くのお年寄りが倒れ、病院に搬送されたらしい。

私が昨日乗ったグダニスク行きのセスナは、熱波による機器の故障で離陸が一時間も遅れた。

グダニスクで合流するはずだったカタジナにいたっては、暑さでレールが歪んだとかで、電車のなかで三時間以上も足止めを食ったらしい。

もう来られないのではないか、と内心思ったのだが、旧市街でひとり夕食を終えて戻ると、ホテルの入り口のベンチでカタジナがゆうゆうと煙草をくゆらしていた。豊満な足を組み堂々たるその姿に、「ポルスキ・マム」というあだ名をつけたことは秘密である。

とにかく私は、こうして無事に旅の伴侶を得たわけだ。

私たちの乗った船は、グダニスク港を出て「ヴェステルプラッテ」と呼ばれる場所に向かっている。目的地までは約五〇分。水面は凪いでいて、雲の隙間からは晴れ間が見える。

ヴェステルプラッテは、二十世紀の人類史でとても重要な位置を占めている。第二次世界大戦は、まさにその場所で勃発したからだ。

一九三九年九月一日、早朝四時四十五分。ヴェステルプラッテの近くに停泊していたドイツの前弩級戦艦シュレスヴィヒ・ホルシュタインの大砲が、突如火を噴いた。

その後六年間にわたって繰り広げられる第二次世界大戦の火蓋は、ここに切って落とされる。「ポーランド国内のドイツ系住民への迫害から、住民を保護する」というのが侵攻の名目で、いつの時代も、戦争の始まりはだいたい同じようなものなのかもしれない。

船着き場から降りると、少し離れた場所に軍服を着た男が立っていた。

男の横にはトロッコのような乗り物があり、レールがずっと丘まで続いている。どうやら、いくらか払うとヴェステルプラッテのふもとまで、トロッコで連れて行ってくれるようだ。

面白がってトロッコに乗ると、続々と他の観光客も乗り込んできた。電動かと思いきや、トロッコはまさかの人力で、男の客二名が代表として手漕ぎのレバーを上げ下げし、その様子をカタジナは大笑いしながら動画撮影している。

「武勲を挙げたね」と兵士のコスプレをした男が言うと、どっと笑いが起きた。なんとも平和な光景である。ここは世界の一大観光地でもあるのだ。

小高い丘の上には、巨大な記念碑がそびえ立っている。息を切らしながら丘を登りきると、奇妙にも見えるその記念碑の真下に出た。

一見、石造りのトーテムポールのように見える。しかし、近寄ると顔に見えた部分は兵士の上半身像で、下部には倒れる兵士の姿も彫られていた。

記念碑へと続く階段には、何人かの人が座り込んでいる。私も並んで腰かけると、眼下に一面のバルト海が広がった。

風が強い。国民の魂の拠り所であった、赤と白のポーランド国旗がはためいている。確か、映画『カティンの森』にも、この旗をソ連兵が真っ二つに引き裂くシーンがあった。

開戦当日、ホルシュタイン号の砲弾に続き、ドイツの海軍兵による攻撃が行われた。あっという間に制圧されるかと思いきや、わずか二〇五人の守備兵はそれなりに善戦したらしい。

ドイツの猛攻を一週間にわたって耐えたが、九月七日には降伏した。

記念碑の周辺には、当時のトーチカ（野戦築城）がそのまま遺されており、生々しい銃弾の跡をいまも見ることができる。

ここ自由都市ダンツィヒの存在は、長年争いの種だった。

第一次世界大戦のドイツ敗北の結果、ダンツィヒとその周辺地域がドイツ領から切り離され、国際連盟管理下の自由都市となっていた。

この地の奪還は、国のプライドをかけたヒトラーの悲願だったのだ。

ロシア帝国のムシニツキ将軍

三国による分割以降、地図から消え去ったポーランドだったが、第一次世界大戦の結果として一二三年ぶりに国としての再生を果たした。

つかの間のポーランドの再興。わずか二一年間ではあったが、その復活劇は、ヤニナの生家ドヴブル゠ムシニツキ家の歴史とも深く関わっている。

ヤニナ・レヴァンドフスカの父親であるムシニツキ将軍とは何者なのか、というところから、この長大なファミリー・ヒストリーを始めなくてはならない。

そうでなくては、ムシニツキ将軍の三人の子供たち――長女のヤニナ、妹のアグネシュカ、ヤニナの夫ミエチスワフ、そして忠実な部下であったヴワディスワフ・アンデルス将軍――彼らの壮絶な闘い、そして滅亡の記録を、本当に理解することはできないからだ。

この四人は、それぞれが全く別の闘いに身を投じた。唯一共通しているのは、すべては祖国のための闘いであったということだけだ。

ムシニツキ将軍はその死に際し、子供たちにこのような遺言をのこしている。

私の子供たちは覚えておくべきである。

我らはポーランド人であり、五世紀もの間、非の打ちどころのない過去をもつ古の貴族の家の出であり、また父はポーランドが以前の栄光と威光に輝くために、自分のすべての可能性をつぎ込んだということを。

ゆえに子供らの父は、我らの姓を何者によっても汚されることがないよう、子孫たちに要求する権利を有している。

その言葉は誓いのごとく、呪いのごとく、将軍の子供たちに植え付けられた。やがて彼女たちは、血をもってあがなうことになる。

現在、ポーランド人でムシニツキの名を覚えている人は少ない。その理由を、「ポーランド独立の父」と呼ばれるユゼフ・ピウスツキ将軍との関係によるものだと考える歴史家もいる。

ヤニナの父であるユゼフ・ドヴブル＝ムシニツキ将軍は、三〇年間にわたって帝国ロシアの軍人を務め、中将にまで出世した人物だ。

そんな彼が、どのような道を経て祖国ポーランドに戻ったのだろうか。

ヤニナ・レヴァンドフスカをめぐる私の旅は、ここでいったん二年後の秋に飛ぶ。

私がヤドヴィガ・ロドヴィチという女性に出会ったのは、二〇二一年十月に行われたショパン国際ピアノコンクールのアフターパーティー会場だった。

コロナ禍をおして開催されたコンクールの取材で、私は二年ぶりにワルシャワを訪れていた。

きらびやかな場になじめず、パーティー会場の隅でもじもじしていた私に声をかけてくれたのが、ヤドヴィガさんだったのだ。彼女は元駐日ポーランド大使で、美しい日本語を話す。

私が二年前から、ヤニナ・レヴァンドフスカとその家族を調べていることを話すと、彼女は驚いた様子で言った。

「まぁ、ユゼフ・ドヴブル＝ムシニツキ将軍ですか？　驚いた！　まさか日本人からその名を聞くとは……。私はいま、ワルシャワ郊外に開館したユゼフ・ピウスツキ将軍博物館で働いているのですが、同年代のムシニツキ将軍の資料も少しあるので、ぜひいちど見に来てください」

当時の私は、ムシニツキ将軍に関する資料の少なさに苦戦していた。ポーランド語で書かれた彼自身による回顧録はあるが、それ以外の資料がなかなか見つからない。手詰まりと言っていい状態だった。そのヤドヴィガさんの言葉は、私にとって飛び上がるほど嬉しいものだったのだ。

彼女の優しさを真に受けた私は、さっそく翌日に彼女の職場を訪れた。軽い気持ちで出発したら、ワルシャワからは約一時間半の電車の旅で、気分はちょっとした小旅行だ。

ヤドヴィガさんは、本当にここまで来たのか、と驚きつつも、温かく迎えてくれた。

この場所にはかつて、ピウスツキ将軍のサマーハウスがあったらしい。その家は現存していて、彼の妻の愛した家庭菜園も忠実に再現されている。

ヤドヴィガさんは、ヤニナの父親であるムシニツキ将軍の写真をいくつか見せてくれた。とてもハンサムでしょう、と彼女は微笑む。軍服を身にまとったムシニツキ将軍は、厳格さを絵にかいたような風貌のなかにも、匂い立つような大人の色気があった。

「ピウスツキ将軍とムシニツキ将軍は、祖国ポーランドを守る同志でしたが、ある意味ではライバル関係にもありました。まったく違うふたりの将軍ですが、子供の頃から祖国復活への思いを強くもっていたことは同じです」

ユゼフ・ドヴブル＝ムシニツキは、一八六七年十月二十五日、ロシア占領下の元ポーランド領ガルブフで誕生した。一族はリトアニアの貴族の家系だったが、ポーランド人との婚姻によってポーランド人となったそうだ。

ユゼフ少年は幼い頃から、ポーランド再生への確信を強くもっていたという。彼はその人生の最後の瞬間まで、この理念に忠実だった。

ロシアはポーランド語を使用することを禁止しており、学校からレストランのメニューにいたるまで、ロシア語が使われていたという。国を失うとは、そういうことだ。

十七歳で帝国ロシア・ペテルブルクの士官学校に進学すると、ポーランド人というハンデをおいながらも、努力と忍耐でエリートコースを勝ち進む。

大ポーランド蜂起の最高司令官であったムシニツキ将軍

参謀アカデミーを次席で卒業し、晴れて「ロシア帝国軍人」となった。

新任将校として、日露戦争にも従軍している。

一九〇六年には、イルクーツク軍管区参謀部に転属し、初代シベリア司令部を創設した。

ふたりの将軍と第一次世界大戦

ヤドヴィガさんによれば、ポーランド独立の父・ピウスツキもまた、母親によって愛国的に教育されたのだという。

このふたりの将軍は同じ年に生まれ、誕生日もひと月ほどしか違わない。

ピウスツキが十六歳のとき、高校の衣類置き場でちょっとポーランド語を口にしただけで、土牢入りを強制された。こうして彼もまた、ポーランド復活への想いを強くしていったのだ。

ピウスツキ将軍はまさに、ポーランド的英雄といっていいだろう。その行動は常に勇猛で、苛烈で、ポーランド人の燃えたぎる独立心を鼓舞してきた。

ヤドヴィガさんは、彼がカリスマ性を獲得していく過程で、ある事件の存在をあげる。

「一八八七年、ハリコフで医学を学んでいた彼の運命は大きく変わりました。ロシア皇帝アレクサンドル三世暗殺計画が発覚し、首謀者グループに近かった兄のブロニスワフが、極東サハリンに流刑になったのです。首謀者五名は絞首刑となりましたが、このとき死刑になったアレクサンドル・ウリヤーノフの弟が、後のレーニンです」

ロシアとポーランドの革命家の運命が、偶然にもここでリンクしているのだ。

ピウスツキ本人も、連座したという罪でシベリア流刑判決を受けた。五年の刑期を終えた彼は、いよいよポーランド独立への闘いを始める。ゲリラ戦や地下活動でめきめきと頭角をあらわし、たちまちポーランド・レジスタンスの旗頭となっていったのだった。

一九一四年、第一次世界大戦が勃発する。ピウスツキは当初オーストリア軍に合流して戦うが、やがて対立して監獄に放り込まれてしまった。

一方のムシニツキ将軍は、ロシア帝国軍人として第一次世界大戦に参戦し、数々の重要な勲章を獲得していった。

「しかし、長引く戦争に嫌気がさしたロシア国内で革命が起こり、事態は大きく変わりました。臨時政府は、ロシア軍内に動員されていたポーランド兵だけで『ポーランド軍団』を結成することにしたのです。流浪の兵士によるポーランド軍団は、この国の伝統でもありますからね。ムシニツキが創設者となったこの軍団は、『第一ポーランド軍団』と呼ばれています」

中将にまで昇進していたムシニツキは、軍団の指揮官に任命された。しかし、二か月後にレーニンが権力を掌握すると反旗をひるがえす。彼は共産主義が大嫌いだったのだ。

約三万人のポーランド軍団は、ベラルーシを拠点としてボリシェヴィキに対抗する。主要都市を次々に占拠していったが、最後はドイツによって強制解体されてしまった。

一九一八年五月二十二日、ムシニツキはポーランド軍団に向けて最後の演説を行った。

我々は、生きて祖国に戻らねばならない。なぜなら、祖国は生きている我々を必要としているからだ。祖国で会おう。

そしてムシニツキは、家族と、ごく親しい将校のグループと共にベラルーシを離れ、祖国ポーランドに帰還したのだった。彼の第一次世界大戦は、こうして終わった。

しかし、解散させられたムシニツキの「第一ポーランド軍団」は、後に祖国で大きな活躍をすることとなるのだ。

この第一次世界大戦は結果として、ポーランドを支配していた三つの専制君主制国家の崩壊をもたらした。なかば棚ぼた的に、ポーランド復活のときは訪れたのだ。

監獄から解放されたユゼフ・ピウスツキが国家元首となり、ポーランド第二共和国の歴史がここにスタートする。そして一二三年ぶりに、ドイツとロシアが国境を接していない地図も復活した。ドイツとロシアという大国に挟まれた立地は、ポーランドの生まれもった宿命だ。そのため、ポーランドはときに両国への「肉壁」とも呼ばれてきた。

その道は、必然的にカティンの森へと続いている。

「どうぞ、これをもっていってください」

ヤドヴィガさんは帰り際、博物館の敷地内にある畑から野菜やハーブをどっさり採ってきて、私にもたせてくれた。

「私は、この場所でピウスツキの新しい一面を知ってもらいたいのです。過激で勇猛な革命家としてだけでなく、彼には妻と自家菜園を楽しむ、家庭的な顔もあったのだから。誰もが、ふたつの顔をもっているものでしょう?」

ヤドヴィガさんは、大好きだった叔父さんをアウシュビッツで亡くしているという。それもあって、平和への想いもひときわ強い。

彼女は能の研究家としても有名だ。日本に駐在中には、東日本大震災の津波で子供を失った親と、アウシュビッツで死んだ叔父さんの霊が対話をするという、新作能の発表も行っている。新作発表会には、上皇上皇后もご臨席されたそうだ。

ホテルに戻ったあと、私はさっそく頂いたカブを食べてみることにした。

今夜行われたショパンコンクール入賞者コンサートの様子を伝えるニュースと共に、テレビからはショパンの優雅な旋律が流れてくる。

ナイフがないので、土をよく落とし、皮を前歯でこそぎ落としてからかぶりつく。

青さのなかにもほんのり甘みがあって、アフターパーティーのご馳走よりなにより、コンクール期間中に食べたもののなかで一番美味しかった。

第三章 ✣ ヤニナは空をめざした

大ポーランド蜂起の最高司令官

さて、ヤニナをめぐる私の旅は、二〇一九年七月に戻る。

グダニスクをあとにし、私とカタジナがポズナンの宿にたどり着いた頃には、時計は二十二時を回っていた。

ポズナン駅を出た瞬間、物々しい雰囲気に私はたじろいだ。警察官やＳＰ、警備兵がうようよしていて、駅周辺はパトカーのサイレンに包まれている。一体なにが起こったのだ。

聞けば、ここポズナンで明日から国際会議が開かれる予定で、ドイツのメルケル首相をはじめとするお歴々が、この街に集結しているというのだ。

ポズナン動物園の裏手に位置する宿への道は暗かったが、メルケル首相のおかげで極めて安全にたどり着くことができた。こぢんまりとしているが、感じのいいホテルである。

ここポズナンは、ヤニナ・レヴァンドフスカの故郷だ。彼女は第二次世界大戦が起きるまで、人生の多くの時間をこの街で過ごした。

　すべてはこの地に、ムシニツキ将軍が赴任してきたところから始まる。

　ポズナンは、ポーランド中西部に位置するウェルコポルスカ（大ポーランド）県の県都である。ポーランド王国の最初の首都があった場所というのが、地域住民の誇りだ。

　近くのマクドナルドで遅い夕食をとる間も、カタジナは実に頼りになる相棒だった。

「ウェルコポルスカ地方は、ずっとドイツの支配下にありました。ウェルコポルスカ蜂起とは、第一次世界大戦終結の直後に起きた大規模蜂起のことです。この闘いを率いたのが、祖国に帰ってきたばかりのムシニツキ将軍だったのですね」

　ムシニツキ将軍の祖国への帰還から、半年も経たない一九一八年十二月二十六日。

　ポーランド人のピアニストであり、活動家でもあるイグナツィ・ヤン・パデレフスキーを乗せた列車がポズナン西駅に到着した。彼の演説は民衆を奮い立たせ、やがてこの土地にいまだ居座り続けるドイツへの暴動に発展する。

　この蜂起は拡大を続け、その司令官として、ムシニツキに白羽の矢が立ったのだ。

　ウェルコポルスカ蜂起の最高司令官に着任した彼は、さっそく、得意とする正規軍の編成に取り掛かる。ただちに同期生や、ポーランド軍団の元部下たちを召集し、徴兵も導入して軍備を整えた。

　ウェルコポルスカ蜂起は、一九一八年十二月二十七日から翌年二月十六日まで続き、蜂起軍がポズナン一帯を制圧して終わった。

　一世紀以上にわたるドイツ支配から、西部ポーランドがついに解放されたのだ。

しかし、取り戻した土地を守りきる闘いは終わらない。ムシニツキは歩兵士官学校と砲兵士官学校、国防士官学校の組織を命じ、現役将校の数が増え始めた。

武器・弾薬も不足していたので、ポズナンで弾薬工場を始動させ、毎日一〇万のライフル銃の弾を生産した。大砲の砲弾はウッジで生産し、軍服や装備品の整備も急ピッチで進められる。

第一次世界大戦終結直後のわずかな期間に、ムシニツキは一六〇〇人の将校、九万二〇〇〇人の下士官、一万三〇〇〇頭の馬、すべての兵科と空軍を有する、約一〇万のウェルコポルスカ軍を創設したのだ。

道なかばで解体の憂き目にあったムシニツキの「第一ポーランド軍団」だったが、生きて帰ったことで、祖国の防衛のために働くことができたといえる。

二月には家族をポズナンに呼び寄せ、ポズナンでの生活が始まった。

元ポーランド軍団の戦友、ユゼフ・ハレルの回想記には、このように書かれている。

将軍は生涯を通じて、たいそう質素だった。彼が大ポーランド軍の最高司令官だったとき、ポズナンのムィルナ通り十五番地に二間の小さな住居を借りていた。

一部屋は家族のために割り当て、もうひとつの部屋は自分の執務用に整えた。テーブル、ふたつの椅子、そして野戦用のベッドだけがあった。

しかし、この強力な軍隊は、国家元首ピウスツキを警戒させることになる。

一九一八年、戦後のガリツィア地方の支配権を巡ってウクライナ＝ポーランド戦争が勃発すると、ムシニツキは総司令官に任命された。

ウェルコポルスカ軍をリヴィウ防衛に派兵し、部隊は二度にわたってリヴィウを防衛する。

さらに、戦後の国境線問題でこじれた結果、一九二〇年にポーランドはレーニン率いるソビエトとの本格的な戦争にも突入した。大戦直後こそが一番揉めるという、いい例だろう。

「ガリツィアとワルシャワ奪還の号令の下、ソビエト軍は次々とポーランド軍を撃破します。八月には、ついに赤軍がワルシャワまで迫りました。

しかし、ここで起きたのが『ヴィスワ川の奇跡』ですよ！　ピウスツキ閣下が指揮する、超ハイ・スピードの機動部隊が赤軍を奇襲し、我々は奇跡的に勝利をおさめたのです！」

カタジナの口調はまるで講談なので、私は思わず笑ってしまう。

まさに天下分け目の関ケ原、ピウスツキの「神話」が誕生した瞬間だった。

ソビエト敗北の結果、ポーランドの東部国境が画定し、ウクライナの西部、及びベラルーシ西部は正式にポーランド領となった。この一帯が、現代まで争いが続く「流血地帯」だ。

またレーニンは、「スターリンが担当した軍の援護がなかったこと」を、ヴィスワ川の敗北の理由のひとつに挙げた。その屈辱が、スターリンのポーランドという国家に対する、過剰な憎悪感情を生んだともいわれている。

一方のムシニツキは、「ワルシャワの戦い」には参加せず、一九二一年三月に軍を引退した。

この引退劇の裏で、ピウスツキがムシニツキの出世を阻んだのではないか、という噂を口にする者もいたという。

　ピウスツキ将軍博物館のヤドヴィガ・ロドヴィチさんは、ムシニツキをこう評す。

「ムシニツキは常に冷静沈着、戦略的で優れた軍人でしたが、地位や富をかけた闘いは不得手だったようです。もめごとが絶えない政権からも、ずっと距離を置いていました」

　冷静に情勢をみて、決して無謀はせず、軍の基盤づくりを重視する歴戦の将軍。

　帝国ロシアで最新の近代戦術を学んだムシニツキ将軍と、主にゲリラ戦でのし上がったピウスツキ将軍では、なにもかもが対照的だ。このふたりが合うはずもなかった。

　しかし、ウェルコポルスカ蜂起が、ポーランド史上唯一成功した蜂起だったことは、歴史的に大きな意味をもつ。ヤニナたちにとっても、それは生涯の誇りとなった。

教育者たちの闘い

　この辺りで、ファミリー・ヒストリーのバトンを子供たちに渡そう。

　ヤニナ・レヴァンドフスカは、ムシニツキ将軍と妻のアグネシュカの娘として、一九〇八年四月二十二日にハリコフ（現ウクライナ領のハルキウ）で生まれた。

　一九一八年にムシニツキとともに祖国に帰還し、ポーランド国籍を取得した。蜂起が落ち着くと、一族はポズナンに移り住む。

　ムシニツキ将軍は軍を引退する少し前、かつてドイツ人が所有していた一五〇ヘクタールの土地と、庭園のある屋敷を購入した。ポズナン近郊のバトロヴォの領地にある、美しい湖のほとりだった。その土地は、現在はルソーヴォと呼ばれている。

　ロシア帝国軍時代から、あちこちと動き回る父親に付き従い、広大な大地を転々としてきた十二歳のヤニナにとって、初めて故郷と呼べる場所ができたのだ。

　ドヴブル＝ムシニツキ家には、長女ヤニナの他に、ヤニナの兄ゲディミンと、弟オリギュルド、そして産後すぐに母を失った妹という、四人の子供がいた。ムシニツキは亡き妻をしのんで、この哀れな末娘に、母と同じアグネシュカの名前を与えた。

　ルソーヴォで少女時代を過ごしたあと、教育熱心だったムシニツキは、ヤニナにポズナンで高等教育を受けさせることにする。

　毎日ルソーヴォから通学するのは難しいので、ヤニナと弟オリギュルドは、友人であるハシェヴィチ家のアパートメントハウスにホームステイをした。ハシェヴィチ夫妻は、実の子供のようにふたりに接し、その家の子供たちとも兄弟のように親しくなったそうだ。

　毎週末には、ホームステイ先の子供たちとルソーヴォまで馬車で行き、教会のミサに欠かさず参加していたという。

　この頃には、ヤニナは黒髪で背が高く、精悍な女性へと成長していた。

　父に似て使命感に溢れ、忍耐強く、独立独歩の精神の持ち主だったという。さらに勤勉で優しく、とても人好きのするタイプだったというから、収容所の将校たちが日記に記した人物像は、もうこの頃には形成されていたことになる。

　さらには運動神経も抜群で、スポーツによって引き締まった身体つきをしていた。乗馬が大好きで、冬になればルソーヴォの湖の上をスキーで走っていたという。

絵に描いたようなスーパー・ウーマンだ。

私は、ポズナンでの取材のスタートとして、まずはヤニナが最初に通ったというギムナジウムを訪れることにした。

このギムナジウムは、ヤニナの在学中より現在まで一貫して「ザモイスカ将軍夫人記念中高等学校」と呼ばれている。ポズナンきっての名門で、当時の裕福な家庭の子女は、こぞってここに通ったという。

きょう校内を案内してくれるクリスティーナ・ポトチュナは、この学校の卒業生で、現在は英語の教師として教鞭をとっている。父親が工学系の研究者らしく、子供の頃に少しだけ茨城県のつくば市に住んでいたそうだ。簡単な日本語の単語を、いまでもいくつか覚えている。

しかし、結論から言ってしまうと、この日の取材でヤニナの情報は得られなかった。

「ヤニナ・レヴァンドフスカがこの学校に通っていたことは間違いないと思います。あの時代、ポズナンで良家の子女が通う学校は、ここ以外ありませんでしたから。でも、なんの記録も残っていないのです。戦争でこの一帯は焼き尽くされたので、そのことも影響しているかもしれません」

第二次世界大戦では、ドイツ軍、ソ連軍との戦闘により、ポズナン旧市街の九〇％以上、市街地全体の五五％以上が破壊された。この学校も例外ではなく、エントランスの一部分だけが当時のもので、あとはすべて戦後に再建された建物であるという。

また、ヤニナはこの学校に二年間しか在籍しておらず、三年目からはポズナン音楽院に転校している。この学校の卒業生ではないのだ。

しかし、妹のアグネシュカの痕跡なら、僅かながらに発見できたという。

戦後、生き残った卒業生らが協力して、死亡した同窓生の名簿を作成した。そのなかに、アグネシュカの名前を見つけたそうだ。

「アグネシュカ・ドヴブル＝ムシニツカ　ワルシャワ近郊で射殺」と印刷されたその本には、彼女の他にもおびただしい数の死亡者名が綴られていた。

大戦ではポーランド国民の五人に一人が死亡したといわれているが、この学校の卒業生だけでもこれほどの人が亡くなっているのだ。ポーランドを襲った悲劇を思い知らされる。

学校の図書室で、当時の学生の資料を見せてもらっている最中、図書室司書のレナータ・ウルヴァニクがこんな身の上話をしてくれた。

「私の父は、戦後にこの地域で歴史の教師をしていました。ある日、授業でカティンの森について話すと、退職させられてしまったそうです。七〇年代のことですから、締め付けも厳しかったのでしょう。

やがて父は、ポーランド統一労働者党に強制入党させられました。入りたくはなかっただろうけれど、家に帰れば、私を含めて子供が三人もいるんです。他にどんな選択肢があったというのでしょう。父は別の学校に回されましたが、そこで歴史の教師を続けることができました。それでも十分に注意をしながら、カティンの歴史は話し続けたそうです。教育者として、父はできる限りのことをしようと思ったのでしょう」

そして、きょう一日学校を案内してくれたクリスティーナも、別れ際にこう言った。

「戦中にエリートが大量虐殺されたことは、想像できないほどの影響を我々に与えました。ポーランドという国の形が歪められてしまったのです。指導者層を一挙に失ったポーランドは、戦後もうまくリーダーシップをとることができませんでした。

そんな昔の事件を教える必要はない、という人たちもいるけれど、教育者として私たちはどこから来て、どこへ行くのかということを意識していなければ、歴史を繰り返してしまうことにもなりかねません。スターリンは死体とともに、我々の記憶をも抹殺しようとしたのでしょうが、あなたは日本から、こうしてここまでやってきた。姉妹を輩出した学校として、使命感すら感じています」

ポーランド人は、一〇〇年にもわたって母国語を禁止されながらも、言葉を守ってきた。キュリー夫人も、ポーランド語を話せないふりをしながら、母国語を学び続けたという。

教育こそが国を作る。それを最もよく理解しているのは、ポーランド人なのかもしれない。

歌手をめざして

ギムナジウムに二年間通ったあと、ヤニナはポズナン音楽院に進学した。

大学教授の娘だったヤニナの母親は、とても美しい声の持ち主だったそうだ。元々は声楽の道に進むことを夢見ていたが、軍人の妻となったため、その夢は叶わなかったのだという。

その夢を継ごうと思ったのだろうか。音楽院ではヤドヴィガ・ヴィエジビツカ教授にピアノの指導を受け、声楽はマリア・トロンプチンスカ教授の下で学んだ。

父親は、この娘の選択にあまりよい顔をしなかったようだ。

しかし、声楽家としてやっていくには、少しばかり声量が足りなかったらしい。自分でも「声が細い」という自覚があったらしく、マリア・トロンプチンスカ教授からの評価も厳しいものだった。しかし、妥協が大嫌いで、気骨ある女性だったヤニナは、父親の反対にもめげずにポズナン音楽院を修了する。

ムシニツキ将軍は、昔気質の男性だった。卒業後、女は結婚して子供を産めばよし、と考えられていた時代に、ヤニナはせめてもの抵抗をしたかったのかもしれない。

父親からの経済的自立を果たすべく、卒業後はポズナンのロマン・シマノフスキ通り十番地に家を借りると、薄給ながらも郵便局で働き始めた。

その傍らで、映画館「ムーザー」の上映の合間に歌手として舞台に上がり、ときどきルヴフ（現ウクライナ領のリヴィウ）のショーにも出演するという二重生活を始めたのである。

小さいステージであっても、大好きな歌を歌うことのできる生活は充実していたことだろう。彼女はなにより、自由を愛していた。しかし、ここでまた事件が起こる。

ある日、ムシニツキ将軍は偶然にも、娘の名前が載ったポスターを目にしてしまった。

誇り高きドゥブル＝ムシニツキの姓が、名も知れぬ楽団と並んで印刷されているのをみて、ムシニツキ将軍は怒り狂ったという。

将軍の怒りは、劇場や関係者を巻き込んだ騒動へと発展したそうだ。これが原因で、ヤニナはその後二年間も、故郷のルソーヴォに帰ることができなかった。

ヤニナが舞台に上がった「ムーザー」は、ポズナン市内で現在も営業を続けている。当時の面影を残してはいるものの、建物はやはり戦後に再建されたものだ。

再建当時から内装もあまり変わっておらず、アメリカの当時の流行を意識したモダンな作りになっている。このムーザー劇場と、同じく市内に現存しているアポロ劇場は、あの時代の若者にとって最先端のスポットだった。

ちなみに、カティンの森から掘り起こされた将校の遺体のポケットからも、ワルシャワのアポロ劇場の半券が発見されている。恋人と行った思い出のチケットなのか、単に捨て忘れたのか――。いまとなっては、誰にもわからない。


歌手の道を断たれたヤニナだったが、この秘密のアルバイトも無駄ではなかったようだ。次の道を選ぶきっかけとなったのもまた、劇場だったからだ。

一九二七年、ムーザー劇場で一本の映画が封切られた。当時のスターが集結した、ヴィクトル・ビエガニスキ監督作品『Orlę（鷲《わし》）』の初公開である。

この映画は、空軍大佐だったボレスワフ・オルリンスキがパイロット役として出演していることで、ポーランド中の話題をさらっていた。

ボレスワフ・オルリンスキは、一九二六年にワルシャワ―東京間（一万三〇〇〇キロ）の往復飛行に成功したパイロットだ。

東京まで飛んだ最初の中欧人であり、この偉業により、オルリンスキは日本から勲六等旭日章を、フランスからはレジオンドヌール勲章が贈られている（このときに使用した機体が、フランス製ブレゲ19 A2だった）。

八月二十七日に整備士のレオナルド・クビヤクと共にワルシャワを出発し、モスクワ、オムスク、ハルビン等を経由して、九月五日に所沢飛行場に到着。日本で熱烈な歓迎を受け、帝国ホテルで盛大な祝賀会も催された。日本には九月十一日まで滞在している。

復路の途中で左の主翼を損傷したが、プロペラを接着剤とワイヤーで固定し、反対側の翼を短く切ることでバランスをとって、残りの六六八〇キロを飛びきった逸話をもつ。

ちなみに、このオルリンスキはムシニツキ将軍の第一ポーランド軍団に参加したメンバーの一人であり、ポーランドへの帰国後は空軍に所属していた。

ヤニナは、父の優秀な部下であったオルリンスキの出演する『Orlę』をムーザー劇場で鑑賞し、やがて空への憧れを行動に移していく。

世界を覆った「飛行熱」

第一次世界大戦を終わらせたのはスペイン風邪だった、という説がある。

しかし、大戦が終わると全く別の熱が世界を覆った。飛行機の登場によって、世界中が一種の「飛行熱」に浮かされたのだ。

第一次世界大戦で飛行機が活躍したことは、航空界に大きな革命をもたらした。各国が飛行機の開発に力を入れ始め、性能や記録を競い合うようになっていったのである。

一九二七年にリンドバーグが大西洋単独横断無着陸飛行に初めて成功し、一九三一年には北太平洋横断飛行にも成功している。

女性の活躍も目覚ましく、一九三二年には、アメリア・イアハートが女性として初めての大西洋単独横断飛行を成功させ、世界中を魅了した。

　ポーランドも例外ではない。オルリンスキの偉業で飛行機熱が高まると、一九三〇年にドイツで開催された国際エアレース「チャレンジ」には、一二人のポーランド人が参加した。

　これは、ポーランドの航空チームが参加した最初の主要な国際イベントであり、ポーランドの国産機はＲＷＤ－２が三機、ＲＷＤ－４が三機、ＰＺＬ．５が二機、ＰＷＳも四タイプ四機がレースに登場する。

　誕生したばかりの国産機の飛行に、ポーランド国民は大いに沸いた。

　この年は思うような結果を残せなかったが、続く一九三二年の「チャレンジ」では、ポーランド人パイロットのフランチシェク・ジュヴィルコが、並み居る各国の名パイロットを抑え、新しく開発されたＲＷＤ－６に搭乗して優勝を果たした。

　一躍ポーランドの英雄となったジュヴィルコだったが、彼もまた、ムシニツキ将軍の第一ポーランド軍団に参加した兵士だった。

　リトアニア出身のジュヴィルコは、オルリンスキと同じく、ポーランドへの帰国後は空軍に所属していた。やがて、ＲＷＤ開発チームのデザイナーの一人だった若きエンジニア、スタニスワフ・ヴィグラと組み、黄金コンビとして名を馳せた。

　しかし、大いなる優勝を果たした直後の一九三二年九月十一日、プラハで行われる会議のために飛行中だったジュヴィルコとヴィグラを悲劇が襲う。チェコスロヴァキア上空で激しい嵐に遭遇して翼が大破。ＲＷＤ－６は森に墜落し、ふたりは命を落とした。

　ふたりの亡骸《なきがら》はワルシャワのポヴォンスキ墓地に埋葬され、ナイトの称号が与えられた。

弔い合戦となった一九三四年の「チャレンジ」は、ワルシャワで開催されることとなった。ポーランドで開催されるのは、もちろん初めてである。

ポーランド人は一二名が参加し、この大会でもポーランド人パイロットであるイェジ・バヤンが、ＲＷＤ－６の後続機であるＲＷＤ－９Ｓに搭乗して優勝。この勝利によって、バヤンはポーランドで最も人気のあるパイロットとなった。

このような熱気のなかで、ヤニナ・レヴァンドフスカは青春を過ごしたのである。

アレクシエーヴィチの『戦争は女の顔をしていない』にも、一等飛行士だったアントニーナ・グリゴリエヴナ・ボンダレワの証言で、とても印象的な記述がある。

私は飛行士でした。私が七年生の時に子供たちに見せるために飛行機が飛んできたんです。一九三六年のこと。私たちにとってはとても物珍しかった。その頃「少年少女よ、飛行機乗りになろう！」というスローガンが流行ったの。もちろん私は共産青年同盟《コムソモール》だから先頭に立っていました。すぐに飛行クラブに入りました。もっとも父は絶対反対。（中略）

クラブの責任者がこれを知って飛行機に父を乗せることを許可してくれました。私は父を乗せて離陸。その日以降、父は反対しなかった。気に入ったんです。私は飛行クラブを「優」で修了した。パラシュート降下も上手でした。

この純粋な憧れを、誰が責められるだろうか。それが後の殺人兵器だったとしても、彼女たちの青春は、飛行機の翼の上にあった。

ポーランドの騎兵隊

ムシニツキ将軍の第一ポーランド軍団からは、オルリンスキとジュヴィルコという、ふたりの空の英雄が生まれた。ムシニツキもこのことをさぞ誇らしく思ったことだろう。

しかし、ムシニツキ将軍の意志を継いだ正統なる後継者といえば、なんと言ってもヴワディスワフ・アンデルス将軍だろう。

ドイツ系貴族出身のアンデルスは、ロシア帝国軍の騎兵学校を卒業したあと、ムシニツキ将軍の第一ポーランド軍団に参加した。軍団内では第一軽騎兵連隊を編成し、軍の参謀長となる。

軍団の強制解体後は、ムシニツキと共に祖国ポーランドに帰国した。

続くウェルコポルスカ蜂起でも軍の参謀長となり、一九一九年四月から第十五ポズナン軽騎兵連隊長に就任。ポーランド＝ソビエト戦争にも従軍し、ボリシェヴィキと闘った。

第一ポーランド軍団時代から苦楽を共にした、ムシニツキの優秀な部下だったのである。

第十五ポズナン軽騎兵連隊。その記憶を呼び起こすとき、いまでも生粋のウェルコポルスカ人の胸は高鳴るのだという。

ポズナンで祭りが行われる際、第十五ポズナン軽騎兵連隊が登場すると、人々からはどっと歓声が沸き起こった。軽騎兵連隊は会場のなかをアクロバティックに疾走しながら、完成された騎兵術を観客に見せつけ、歓声は大きくなっていく。

ショーの合間にはエネルギッシュな騎兵たちが、良家のお嬢様方には聞かせられないような粗野な言葉で、こんな歌を歌い出す。

誰が敵を血まみれにした？
それは赤い第十五連隊

どうして十五連隊は赤いのだ？
ボリシェヴィキを血まみれにしたから

ポズナンでは励ましの鐘が鳴り響く
それは十五連隊が赤いから

歌声が響くなか、アンデルス将軍が馬上から敬礼すると、ポズナン市民の興奮は最高潮に達するのだった。

ポーランド人にとって、騎兵はいまも特別な存在だ。その歴史は古く、ポーランド・リトアニア共和国時代にまで遡る。ポーランドではそれまでの槍騎兵に代わり、「フサリア」と呼ばれる重騎兵が誕生したのだ。

ポーランド重騎兵フサリアが全盛期を迎えたのは、十七世紀頃といわれている。

フサリアたちが現代でも語りつがれるのは、とにかくその壮麗さについてだ。彼らがまとうのは、ヒョウ柄の毛皮に、真紅のビロードの服だったという。甲冑には芸術品といえるほど細かい装飾がほどこされ、職人たちはその技術を競った。これだけでも十分に派手なのだが、さらにその背中には、巨大な鳥の羽飾りを背負っていたというからすごい。

この羽飾りは、元々は中世にモンゴルが攻め入ってきた際、投げ縄による攻撃への対策として考案されたというが、最終的にはただの様式美となっていたフシがある。宝塚も真っ青のいで立ちで、フサリアは数々の戦場を駆けたのだ。

そんな派手な装備で闘えるのか、と疑問に思うかもしれない。しかし、「有翼重騎兵」とも呼ばれたフサリアは、十六世紀から十七世紀にかけてヨーロッパ最強の騎兵隊へと成長し、ポーランド王国の黄金時代の立役者となった。

虚実入り混じったロマンが、いまもポーランド人を熱くさせる。フサリアは常に圧倒的少数で敵を打ち負かし、自軍の損害は最小限だったと語られるのだ。

一六一〇年、ポーランド国王ジグムント三世によるロシア侵攻の際も、クルシノにおいて、兵力差七倍という劣勢を覆して完勝した。

ロシア側は、騎兵対策として柵で自陣を囲ったが、五五〇〇騎のフサリアは波状攻撃を仕掛けてこれを突破。勢いそのままに、ポーランド軍はモスクワに入城した。

オスマン帝国との戦いでは、五万人のポーランド軍のうち、八〇〇〇騎のフサリアを用いて一五万のオスマン・トルコ軍に勝利したとされる。

オスマン帝国はその後、ウィーンの街を包囲するが、ローマ教皇の要請に応じて駆け付けた三〇〇〇騎のフサリアは、たった一時間でオスマン・トルコ軍を敗走させたのだ。

……とまあ、このようにポーランド人男性は、今日も酒場でフサリア談議に花を咲かせるのだが、騎兵による高速機動と一斉突撃は、長らくポーランド人の十八番《おはこ》でもあった。

　ピウスツキ将軍による「ヴィスワ川の奇跡」も、脈々と続くこのポーランド人の騎兵魂が呼び込んだ奇跡だったといわれる。

　ちなみに、第二次世界大戦時、侵攻してくるナチスの戦車隊に向かって、ポーランドの騎兵隊が羽飾りをつけて総突撃した、という伝説がある。もちろんこれは作り話で、ポーランド気質をうまく表した笑い話の一種だ。ヨーロッパ人が「あいつはポーランドの騎兵隊みたいな奴だ」というときは、むこう見ず、無鉄砲といった響きも含まれるらしい。

　基本的にポーランド人は、自分たちが「悲劇の国」の住人だとは思っていないように見える。

「確かに、ここ二百年ばかりは奴らのターンだった。でもいずれまた、自分たちのターンが来るさ」といった具合で、かつての強大国の記憶を胸に抱いたままでいる。

　アンデルス将軍に話を戻すと、ムシニツキ将軍の引退後は、フランス陸軍大学校に留学し、卒業後はフランス空軍付きとなる。ポーランドに帰国後は、ワルシャワ警備司令となった。

　第一ポーランド軍団の遺した財産は、こうして脈々と受け継がれていったのである。

ポズナン飛行クラブの暴れ馬

　朝、ホテルの前に一台の車が停まった。年季の入った、ホンダのシビックだ。

　その運転席から、栗色のショートヘアをなびかせつつ、颯爽とひとりの女性が降りてくる。サングラスが異様に似合う彼女の名前はバーバラ・ボウチャン、御年八十一。

名門ポズナン飛行クラブの最古参にして、現役のパイロットだ。

「おはよう！　飛行にはもってこいの日じゃない？」

声にも張りがあって、とても八十一歳には見えない。その感想を素直に伝えると、目眩のするような笑顔で、「なにせ戦前づくりですからね、最近の使い捨てのものではなく」とバーバラは言った。

今日は彼女のアテンドで、ポズナン飛行クラブをみに行くのだ。

バーバラの愛車に乗り込む際、ふと運転席をみると、仕様は本格的なレーシング・シートである。嫌な予感がした。

派手なエンジン音とともに車が走り出した瞬間、予感が正しかったことを悟る。

シビックはスキール音を響かせながら交差点に突っ込み、リアを振りつつコーナーを曲がる。警戒中の警察官が驚いて振り返る。私は振り落とされないように、助手席のホルダーにしがみつく。暴れ馬に乗っているかのようだ。

余談だが、このときの車内での会話を録音した音声を聞き返すと、レース場にいるような摩擦音が絶えず響いており、私は思わず手に汗握るのだった。

彼女は傘寿を過ぎてなお、ポズナン騎兵魂の正統なる継承者なのだ。

ポズナン飛行クラブは、現在では国内に沢山あるポーランド飛行クラブの第一号であり、多くのエースパイロットを輩出した名門クラブだ。

ヤニナ・レヴァンドフスカも、このクラブの出身者である。

クラブが創設されたのは、ポズナン郊外のワヴィツェ空港内だった。この空港はもともと、三国分割時代にドイツによってこの地に造られた。……といっても、実際の建設労働者はポーランド人であり、これが後にドイツにとっての大きな誤算となった。

ムシニツキ将軍が率いたウェルコポルスカ蜂起では、民衆はこの空港にも押し寄せた。ドイツは空港を死守しようとしたが、それが叶わなかったのは、空港内の構造がポーランド人に筒抜けだったからだといわれている。

空港は押さえられ、ドイツの所有していた飛行機もウェルコポルスカ軍の接収物となった。戦利品として、ウェルコポルスカ軍が使える飛行機の数は、一気に世界で四番目となったそうだ。

あと必要なのは、腕のいいパイロットだけだ。

第一次世界大戦における飛行機の活躍は、新しい戦争の時代の到来を世界に知らしめた。ポーランドの専売特許であった騎兵の時代は、間もなく終わりを告げようとしている。これからは、空を制する者が世界を制するのだ。

ポズナン飛行クラブは、復活を果たしたポーランド第二共和国のために闘うパイロットを養成する目的で、一九二三年に創設された。

つまり、ポーランドの飛行文化は、ここポズナンに始まったといっても過言ではない。

これら国外機の入手から、誇り高きポーランド空軍の歴史は幕を開ける。元第一ポーランド軍団のメンバーから多くの名パイロットが誕生したのも、当然の流れだった。

飛行クラブは、ヤニナの時代にはワヴィツェ空港内にあった。ワヴィツェ空港は現在でもポズナンの玄関口として現役の国際空港だが、当時、空港の滑走路は民間機、軍用機、そして訓練機の三つの目的のために併用されていたそうだ。

第二次世界大戦の開戦直後、ポーランド軍は各都市の主要な空港にあった飛行機を疎開させ、飛行クラブも現在の場所に移された。

ポズナン飛行クラブ出身者のうち、パイロット、整備士など、航空関係者七名がカティンの森事件で殺害された。その歴史を偲んで、ワヴィツェ空港の出口付近には現在、ヤニナ・レヴァンドフスカを含む七名の慰霊碑が置かれている。

バーバラは、まずその慰霊碑まで私を案内してくれた。七つの石碑に、ひとりひとりの名前が刻まれ、その後ろにそれぞれ一本ずつ、まだ背の低い木が植えられている。

「いずれ木が育って、ここにも小さな林ができるんだわ」

慰霊のろうそくに火を灯しながら、バーバラは言った。

国産機の誕生

一種の伝染病のように、ポーランド国内でもその熱は高まっていったが、飛行機への愛を最初にヤニナに伝染させたのは、弟のオリギュルドだったようだ。

一九三〇年、エアレース「チャレンジ」への初参加で飛行機ブームが訪れると、ワヴィツェ空港でも「ポーランド総合展覧会」が開催された。航空ショーも行われ、弟とともに見学に行ったヤニナは、すっかり飛行機に魅了されてしまったようだ。

当時、弟のオリギュルドは、ギムナジウムに通いながら三年間の飛行講習を受けている最中だった。父の元部下たちの活躍にも触発されたのだろう。勉強でも、飛行訓練でも優秀な成績を収める、ムシニツキ家期待の次男。ムシニツキ将軍の意志は、本来はこのオリギュルドが受け継ぐはずだった。

ヤニナがポズナンの飛行クラブに入会したのは、一九三一年の末頃と考えられている。彼女はここで、まずはスポーツグライダーとパラシュート降下の訓練を行った。

一九三三年にはクラブの役員をつとめていた記録があり、積極的な活動をしていたことがうかがえる。彼女の飛行歴はワヴィツェ空港に始まり、本格的なグライダーの講習はピワ近郊のジャトクフのグライダー・センターで修了している。

その後、ウスタヤノヴァとノヴィ・ソンチ近郊のテンゴボジェでもグライダーの講習を受け、一九三三年にはルヴフでヒューズ式通信機の無線通信士資格を取得。翌年、デンブリンのオルロント学校でも航空観測を修めた。

一九三五年には、ポズナン飛行クラブで単独飛行するようになり、ワヴィツェの飛行技術学校に入学を許可された。一九三六年には発動機付き飛行機操縦の資格を得ている。

ヤニナは暇があると、操縦技術を磨くために、開発されたばかりの国産練習機ＲＷＤ－８に乗っていたという。

ポーランドの航空技術は、他のヨーロッパ諸国に比べて圧倒的に遅れていた。第一次世界大戦が終わってからも一〇年近く、外国製の航空機に依存していたのだ。

初の国産機は、ＲＷＤ社によって開発された。社名は、起業者である航空技術者スタニスワフ・ロガルスキ、スタニスワフ・ヴィグラ（後にジュヴィルコと共に墜落死）、イェジ・ジェヴィエツキの三人の頭文字から取ったもので、ＲＷＤシリーズのプロトタイプは一九二八年に誕生している。

一九三〇年には、開発されたばかりのスポーツ機ＲＷＤ－２、ＲＷＤ－４がエアレース「チャレンジ」に初参加。続く三二年、三四年大会では優勝を果たし、その名を高めた。

続く国産機開発用の国有企業として、ＰＺＬ社が設立されたのは一九二八年のことだった。

同社のジグムント・プワフスキという一人の天才航空技術者により、ポーランドの航空事情は大きく前進する。

ワルシャワ工科大学を卒業し、フランスのブレゲ社の技術者として働いていたプワフスキは、一九二九年に初の国産戦闘機であるＰ．１を開発した。

全金属の機体構造に、特徴的なガルウィングをもつ高翼単葉機は、そのスタイルも相まって、当時としては非常に画期的なものだった。

一九三〇年、後続機としてＰ．６が発表されると、そのフォルムは評判を呼ぶ。世界的には二枚羽の複葉機、または低翼単葉機が主流だったので、ＰＺＬ社のスタイリッシュなガルウィングは「プワフスキの翼」、または「ポーランド翼」と呼ばれるようになった。

同機のテスト・パイロットを務めたオルリンスキは、一九三一年にアメリカで行われたエアレースにおいて、Ｐ．６のプロトタイプに搭乗して優勝している。

ポーランドの国章によく似た、白い鷲が舞い降りるようなシャープな両翼。ポーランド人は、かつての騎兵隊フサリアの飾り羽に代わる、新たな翼を手にした。

この「馬」に乗らぬ者は、ポーランド人ではない。

パイロット養成は、ますますの急務となった。一九三一年、空軍によって練習機の生産要求が出され、ＲＷＤ社によって単葉のタンデム式複座プロペラ機であるＲＷＤ－８の開発が始まる。一九三三年には試作品が初飛行に成功して量産を開始。当時としては性能もよく、基本練習機としてポーランド空軍の基礎を支えることになった。

生まれたての国産機ＲＷＤ－８の操縦席で、ヤニナは祖国を空からみた。その祖国もまた、生まれたてだった。しかし、次の戦争の気配は忍び寄っている。

空を飛ぶ夢をみる

現在のポズナン飛行クラブは、ポズナン市内から車で二〇分ほどの郊外にある。

クラブハウスの階段を上がる途中、思いがけずピアノの音が響いてきた。軽快なタッチ。ホールの扉を開けると、二〇人ほどの子供たちがいっせいにこちらをみた。

驚いて固まる私を尻目に、バーバラは子供たちに話し始める。我がクラブのＯＧヤニナ・レヴァンドフスカの取材のため、彼女は日本から来ました。皆も協力するように、云々。

一連の出来事に、映画のようだ、と思わず私は呟いた。例えば、ドキュメンタリー番組のために再訪して、同じ場面を撮ろうとしても、どこか不自然になる。つまりこういう瞬間は、もう二度と訪れないのだ。私はそれが悔しい。

思わぬ重鎮の登場に、子供たちは真剣に耳を傾ける。聞けば、この子たちは夏季パイロット講習の受講者で、今日は午前中に筆記試験があったらしい。もうすぐその結果が出るので、置いてあるピアノを交代で演奏するなどしながら、ここで待っているのだという。

それにしても、みんなずいぶんと若い。十代の前半にみえる子さえいる。

「ポーランドでは、十四歳からパイロット講習を受けることができますからね。正式なライセンスは十六歳からで、自動車の運転免許より先に取得できるのです。特にここポズナンは、歴史的にも飛行文化が盛んな土地なので、自動車免許より先にパイロットライセンスを取る子供も多いんですよ」

講習は二か月で、今日が二週目だという。合わせて五〇キロ、四〇時間の飛行講習を終えたあとに、最終試験が行われる。もちろん落ちる子もいるが、夏休みの期間内に小型飛行機のライセンスを取得できるわけだ。ひと夏の経験どころではない。

子供たちの顔をみても、それほど気負った風には見えない。女の子の姿も五人ほどみえる。ポズナンにはここ以外にもいくつかの飛行訓練所があり、日本の学生が夏休みに自動車免許を取るような感覚で、彼らは飛行講習に通っているのだ。

ソファーに座っていた、ブロンドの少女に声を掛けた。彼女はカトリーナ・ピクチャク十七歳。ホットパンツからむき出しの足がまぶしい。男子の視線が、彼女に注がれているのがわかる。きっと、いくつかの恋物語もここで生まれているのだろう。

「私は、山のキャンプでグライダーを体験して、講習を受けることにしました。将来は航空関係の仕事に就きたいけど、まずは五〇キロ飛ばなくちゃ。いずれはインストラクターの資格を取って、アクロバティック飛行にも挑戦したいわ」

一見おとなしそうな子だが、アクロバティックとは恐れ入る。他の女の子にもそれぞれ夢があり、いずれはジャンボジェットの操縦がしてみたい、という子もいた。

ヤニナの時代から、クラブには女性の飛行士も多く、最初は飛行機だけだったクラブは、やがて女性の活躍のおかげでグライダー部も設立された。バーバラが乗っていたという、当時のグライダーの模型をみせてもらったが、全身がむき出しでかなり危険にみえる。

このタイプのグライダーは「蚊」と呼ばれ、当時の女性の飛行世界記録は二四時間一四分。この飛行クラブの出身者だという。その間のトイレ事情は、バーバラにも不明である。

飛行機を見学しようとクラブハウスを出たとき、一瞬強い風が吹き付けた。

「感じない？　あそこに『えんとつ』があるって！」

バーバラは華やいだ声で叫んだ。ポーランド人は上昇気流のことを「煙突」と呼ぶらしい。鳥が羽を広げて、一気に空へ舞い上がるのを見て、パイロットはそこに上昇気流があることを知るのだ。

空を仰ぐ八十一歳の手のひらは、風を読むようにひらひらと舞っている。私は、思わずその手に見惚れた。あぁ、この手はなんて自由だ。

こうしてはるばるポーランドまで私がやって来たのも、突き詰めれば、私の極めて個人的な情熱の追求のためである。

私は、乗り物が好きだ。小学生の頃は、みんなが通過儀礼のように『なかよし』や『りぼん』を読んでいることに馴染めなかった。冒険小説や、少年漫画が好きだったが、少女マンガが好きなふりをしていた。

中学生で『頭文字D』というレーシング漫画にのめり込み、宮崎駿《はやお》監督の『紅《くれない》の豚』を観て飛行機にも憧れるようになった。自動車の免許を取ると、御殿場サーキットでの講習会に参加してレースに出たり、漫画の主人公のようにアクセルワークとエンジンブレーキだけで首都高を走ったりもした。腕は一向に上達しなかったが、それでも私は楽しかった。

しかし、それを男性に話すと、薄ら笑いを浮かべながらこう言う。

「女がそういうことを言い出すのは、大体カレシの影響だよね」

私が頻繁にポーランドに足を運ぶようになったときも、おじさんたちはいぶかし気に尋ねた。

「向こうにオトコでもできましたか？」

戦争で殺された女性パイロットの人生に興味をもち、ひとりで中欧の国に出かけていく女がいることなど、彼らには到底信じられないようだった。

男性陣には驚きの新事実かもしれないが、実は私たちは、自分で好きなものを選ぶことができる。スカートも口紅も、世界と仲良くするための私なりの努力だ。

でも、たまにどうしようもなく衝動が突き上げてくることがある。大声で叫んで、走り出したくなるのだ。その衝動を、私は自分でコントロールすることができない。

私の頭の上には、いつも灰色の厚い雲がかかっている。その雲を切り裂いて、いつか青空の下に出る日を夢見ている。

私の仕事机の引き出しには、大事にしまわれている一冊の手帳がある。海外で一度だけ、飛行実習をしたときにもらったパイロット手帳だ。

隣りにベテランのインストラクターが張り付いて、教習用のセスナで行う初心者講習だったが、手帳には二時間の飛行記録を示すスタンプが捺印されている。ヤニナやバーバラに言ったら笑われるような小旅行だ。

でも、あの日の感覚を忘れたことはない。滑走路でスピードを上げながら、操縦桿をじわりじわりと上げていくと、ある瞬間にふわっと身体が浮く。アスファルトの固い振動が消えて、音も消えて、目の前は一面の青。あの瞬間が、いまも私を生かしている。

私も二時間だけ、空を飛んだことがあるんですよ、とバーバラに告げると、ならここで、あと三八時間乗って行きなさいよ、と彼女は笑うのだった。

ヤニナの五〇〇〇メートル降下の謎

飛行クラブの格納庫の重い鉄扉を開くと、所狭しと飛行機が並んでいた。セスナ、グライダー、アクロバティック用、なんでもある。

めったにお目にかかれないような、古い機体もみることができた。そのひとつは、一九四六年に製作され、ポーランド空軍機としても用いられたアントーノフ－2（An-2）だ。そして、フォッカー F7（Fokker F.VII）も二機保管されている。

飛行クラブが所有する三機のアンティーク・プレインのうち、フォッカー二機はレプリカだというが、アントーノフは当時のものだ。どれも完璧な整備が施され、飛行可能な状態を保っている。

その証拠に、アントーノフは現在、ここポーランドから日本の地をめざして飛行中だという。

二〇一九年は、ちょうど日本とポーランドの国交一〇〇周年にあたり、様々な交流行事が行われている年だった。そのひとつとして、九三年前にオルリンスキが辿ったのと同一のルートで、東京とワルシャワを往復するという企画だそうだ。

二名の女性を含む一二人のチームが、一か月ほど前にポーランドを飛び立った。しかし、ビザの関連のトラブルが発生して、数日前からシベリア周辺で足止めを食っているという。

ロシアでのビザ・トラブルは命取りだ。当時と同じルートとはいえ、日本まで辿り着けるかは微妙なところかもしれない。

九三年前も、オルリンスキの旅はこの飛行クラブからスタートした。はるか遠く日本へ。旅の相棒は、整備士のレオナルド・クビャクと、ブレゲ19 A2だった。

ところで、今回の旅のスタート時、ポーランド着陸寸前で動きを止めた私の手巻き時計は、中古で買ったクラシック・タイプのブレゲである。

天才時計技師ルイ・ブレゲに始まったブレゲ社だったが、玄孫の代で航空業界に進出した。第一次世界大戦を機に躍進し、航空史の黎明期を支える一大企業へと成長を遂げる。

現在のエールフランスの前身企業のひとつであり、私がブレゲの時計を長年愛用するのも、その歴史に敬意を表してのこと。私のもっている、唯一の贅沢品だ。

時計はいまスーツケースの肥やしになっているが、ポズナン飛行クラブの飛行機たちにもぜひ会わせてあげたかった。

バーバラには、長年の疑問がある。ヤニナ・レヴァンドフスカに関するどの資料にも必ず載っている、この言葉についてだ。

「一九三〇年頃には、パリで行われたパラシュート大会において、五〇〇〇メートルの高さからのパラシュート降下に成功した、ヨーロッパで初の女性となった」

まず第一に、バーバラはこの記録を裏付ける資料を見つけることができなかった。当時の世界記録にもかかわらず、ポズナン飛行クラブにも記録が残されていない。

第二に、プロの意見として、一九三〇年当時の飛行機の性能を考えると、五〇〇〇メートル上空まで飛べる飛行機はめったになかった。その上、当時パラシュート降下はパイロット脱出時の基礎訓練にすぎず、競技ではなかった。弱冠二十歳で、初心者ともいえる女性が五〇〇〇メートルからジャンプすることも、現実的ではないという。

第三に、戦前からのパイロットであり、ポズナン飛行クラブOBのヴィトルド・ソヴィンスキ氏からバーバラが直接聞いたところでは、ヤニナが初めてパラシュート降下を行ったのは一九三五年で、五〇〇から六〇〇メートル程度からだったという。

彼も同じ日に、同じ飛行機から降下したので、記憶にのこっているそうだ。

これに使用した飛行機はベランカ（Bellanca）J－３００というタイプで、一九三四年にカナダからの飛行を同機で成し遂げたアダモヴィチ兄弟から購入したものだった。ポーランドでパラシュート降下用に仕様変更され、あちこちの飛行クラブで使いまわされていた機体だという。

ヤニナの死が国民に大きく伝えられたのは、二〇一〇年のことだった。以降、彼女をモデルとしていくつかの本や映像作品が生まれたが（どれも小規模で、ささやかなものだが）、その内容が独り歩きしている可能性もあるという。

「多くの印刷媒体に出ているヤニナの五〇〇〇メートル降下、それは私にとっては解決のつかない問題です。そんな人間離れした記録がなくても、彼女が勇敢で、素晴らしい人間だったことに違いはないのだから。人は、英雄を作ろうとするのです」

バーバラは真剣なまなざしで私に話した。この飛行クラブに取材に来た書き手は、私が初めてだという。彼女はずっと待っていたのではないだろうか。誰かが自分に、この記録についてプロの意見を求めてくれる日を。

人は英雄を作る。この言葉の持つ意味は重い。ソ連の革命的な一〇〇万人超の女性兵士たち、そのなかで最も有名なスナイパーであるリュミドラ・パヴリチェンコの戦果三〇九人を、疑問視する声も現代ではあるという。

彼女は独ソ戦の最中に渡米してルーズベルト大統領と面会し、アメリカ参戦へのキーパーソンとなった女性だ。いわば、スターリンの広告塔だった。

一六機を撃墜したリディア・リトヴャク、一一機を撃墜したエカテリーナ・ブダノワ、十七歳から二十二歳までの女子一一五名からなる夜間飛行連隊「夜の魔女」の目覚ましい功績――。それらすべての戦果も、精査されているわけではない。

私が書きたいのは英雄物語ではない、とバーバラに告げると、彼女は深く頷いた。

声を掬うのだ。誰にも聞かれなかった小さな声を。ひとつひとつ掬って、小さなコップをいっぱいにしたい。

ポーランドでカップ焼きそばを食べる

帰りの車のなかでも、バーバラはずっと話し続けた。

「戦争が終わったとき、私はまだ幼かった。もう空から爆弾が落ちてこないってことだけ。呑気な娘だったので、いろいろな変化も無邪気に受け入れていたように思う。

ある日、私が友達と小さな声で話していたとき、カティンという言葉が出たの。家に帰って、『お母さん、カティンってなあに？』と聞いたら、『それはとても汚い言葉だから、これからは絶対に使わないで』とお母さんは言った。それ以上、私は質問しなかったし、親もなにも話さなかったわ。いま思えば、お母さんは私を守っていたのね。

若い頃は、共産主義の表の部分しかみえていなかった。メディアには、やれ新しい住宅団地ができました、やれ新しい車の製造が始まりましたって具合に、いい情報だけが溢れていたから。

その裏では、大戦時の国内軍の人々は逮捕されたり、拷問されたりして、国の敵として扱われていたのだけど。

高校生のとき、飛行クラブの宣伝担当が学校に来て、みんな競って講習の申し込みをしたのよ。友達が行くなら、と私も入ったけど、いまでも飛んでいるのは私だけね。

いま飛行クラブに入ろうと思ったら、相当なお金を払わなくてはいけないけど、当時は全部無料だった。いまだったら、私はパイロットになることはできなかったと思う。

でも、一九五六年にポズナン暴動が起きたときに、デモが治安部隊によって暴力的に鎮圧されたと聞いて、初めて思ったのよ。自分たちの置かれている状況が、思っていたのと少し違っているんじゃないかって。

ポズナン暴動のあと、飛行クラブにもソ連兵が来た。ポズナンから西側に脱走した人はいないか、仲間同士でどんな繋がりがあるか、怪しい話はしていないか——。その審査で不合格になった場合、飛行資格を失い、クラブからも退会を求められた。

結局私は、なにもわかっていなかったのね。でも、空を飛ぶことは私のすべてだし、その意味では、私は図らずも共産主義の恩恵を受けている。……ソ連統治時代を振り返って、どう思うかって⁇　簡単に答えは出ないわね。永遠に出せないかもしれない」

　その声はとても静かで、私は初めて、彼女の声を聞いた気がした。


　その日の深夜、どうにも小腹が空いて、私はポズナンのホテルを出た。歩いて五分ほどの距離にコンビニがある。道は暗いが、あちこちに警察官が歩いているので、ことのほか安全だった。コンビニの真向かいにはシェラトンホテルがあり、どうやらそこが国際会議出席者たちの宿泊先らしい。

　各国のマスコミ関係者も帯同しているので、ホテルのエントランスは黒服やカメラマンでごった返していた。どうりでポズナン中のホテルが空いていなかったわけだ。

　現在はシェラトンとなっているが、この建物は戦前に郵便局として使われていた。ヤニナが働いていた郵便局である。経済的な自立をめざした彼女は、この郵便局で働き、歌手のアルバイトにも励んでいた。キャリアウーマンの走りといえるかもしれない。

　コンビニでは、ポーランド人に大人気のカップ焼きそば『OYAKATA』の、ジャパニーズクラシック・ソース味を購入する。味の素がポーランド限定で生産しているインスタント焼きそばで、ポーランドの各都市のどのスーパー、どのコンビニでも必ず陳列されている定番商品だ。ずっと気になっていたのだが、ついに試すチャンスが巡ってきた。

　わくわくしながらホテルの部屋に戻ると、お湯がないことに気付いた。一泊三五〇〇円のこのホテルは、アメニティなどというものは皆無で、ハンドタオルと紙コップが置いてあるだけだ。ドライヤーすら貸し出し制で、ケトルなどあるはずもなかった。

一階まで降りると、学生にも見えるような女の子がフロントに立っていた。所在なげな様子だったが、お湯を頼むと、裏の従業員室まで連れて行ってくれた。

巨大なランドリー二台がごうごうと回っていて、ミニキッチンも所帯じみて雑然としている。しかし彼女は気にする様子もなく、給湯器からお湯をたっぷりと注いでくれた。

日本のカップ焼きそばとは少し勝手が違う。もたついていると、「学生時代に山ほど食べたから、私に任せて！」と妙に張りきって、てきぱきと湯切りをしてくれた。ポーランド人には珍しく、きれいな英語を話す。

そのままそこで『OYAKATA』を頂きつつ、少し彼女と話した。カティンで死んだ女性の取材でポーランドに来たこと。その女性の出身地がポズナンであること。

へえ、と彼女は驚いて、珍しい動物でもみるような目で私をみた。

「女性の犠牲者がいたなんて、初耳だわ。カティン、カティンね……。知ってはいるけど、別にそれでロシア人を憎く思ったりはしない。だって、それが戦争でしょ。ただの歴史ね（It's just a history）。」

いい表現だと思った。ポーランドで深夜にカップ焼きそばをすすりながら、私はまたひとつ言葉を掬った。

第四章 ✣ 開戦前夜

ヤニナの故郷を訪ねて

翌朝九時。またも軽快なエンジン音を響かせながら、シビックがホテルの前に停まった。

昨日、バーバラと別れる際に、翌日はヤニナの故郷であるルソーヴォに行くことを話した。交通手段が少ないので、バスか時間貸しのタクシーを使うつもりだというと、それなら私が送っていくわよ、と申し出てくれたのだった。

「二〇〇五年にヤニナのお葬式が行われたとき、私もルソーヴォまで行ったからね」

「え？　ヤニナのお葬式が？　そのお葬式というのは、どんな様子だったか覚えていますか？」

「よく覚えてる。あの日のことは……ちょっと忘れられるものではないわ」

バーバラは、しんみりとした様子でそう言った。

そんなわけで、私はまた今日も、この暴れ馬に乗ることになったのである。

湖面が、キラキラと初夏の日差しに輝いている。

色とりどりの花が咲き乱れ、遠くの丘では馬が二頭、絡み合うようにのんびりと歩いている。ポーランドの一番いい季節だが、この村の風景は、また格別に美しく思えた。

ルソーヴォは、ポズナンの西一五キロに位置する小さな田舎町だ。馬の養育施設や、乗馬クラブがいくつかあるくらいで、特にこれといった名所や名物はない。

あるとすれば、ここが「ムシニツキ将軍の村」と呼ばれていることくらいだ。

軍人生活に別れを告げたユゼフ・ドヴブル＝ムシニツキは、この地に移り住んだ。カール湖と呼ばれる湖のほとりには、いまでも一家が住んだ白亜の屋敷が立っている。

一帯は元々ドイツの領地だったが、ウェルコポルスカ蜂起後に植民委員会の管理下に入り、民間に分譲されたという。

　ムシニツキが購入したのはそのなかの一五〇ヘクタールで、一〇四ヘクタールの牧草地と森、そしてカール湖の三分の一を所有する権利が含まれており、一家が住んだ館と庭園、使用人の住居用の建物も付属していた。

　第一ポーランド軍団解散のあと、祖国に戻ったムシニツキが、間を置かずにウェルコポルスカ軍の司令官に任命されたとき、ヤニナの母親であるアグネシュカは不安にさいなまれた。

　ムシニツキは第一次世界大戦中、東部戦線で足を失いかけたばかりでなく、戦闘で何度も死の淵をさまよっている。夫の不在と、命を心配する日々は、彼女の健康を徐々に蝕んだ。

　妻アグネシュカはか弱く繊細な女性で、極寒のシベリアでの生活中に肺を患っていたようだ。ムシニツキは、田舎のきれいな空気で妻の病気が改善することを望んでいたが、その願いは届かなかった。

末娘を出産したあと、アグネシュカは結核で亡くなってしまう。一九二〇年八月十日、享年三十八。「ワルシャワの戦い」が始まる三日前のことだった。この時ヤニナは十二歳で、生まれたばかりのヤニナの妹は、母と同じアグネシュカと名付けられた。

土地は一九一九年に購入されており、その二年後にムシニツキは軍を退役している。恐らく、土地を購入した時点で彼の心は決まっていたのだろう。

五十三歳となったかつての名将は、このルソーヴォの地で、領地の経営と農業、そして四人の子供たちの教育にとりかかった。


バーバラの車が、共同墓地の前に停車する。墓地の向かい側に、二階建ての白い建物が見えた。一見すると民家のようだが、入り口には大きなレリーフが掛かっている。

『ウェルコポルスカ蜂起　ユゼフ・ドヴブル゠ムシニツキ将軍記念博物館』

この博物館は、ムシニツキ将軍とウェルコポルスカ蜂起、そして将軍の家族たちの記憶を「忘却から守る」ためにつくられた。

その発起人兼学芸員は、ユゼフ・グライエクとアンナ・グライエク夫妻である。

博物館に入ると、そのグライエク夫妻、そしてこの博物館の館長であるミハウ・クシジャニアック氏から熱烈な歓迎を受けた。日本人がここを訪れるのは初めてだという。

ユゼフ・グライエクは、この土地で生まれ育った生粋のルソーヴォっ子だ。今年（二〇一九年）で九十二歳となり、開戦当時は十二歳だった。長年にわたって数学の教師をつとめ、現在はドヴブル＝ムシニツキ将軍記念会の会長となっている。

妻のアンナ・グライエクは八十三歳で、同じく数学・物理学の教師だった。この夫妻の発案によって、ポーランド民主化後の一九九六年に、小さな博物館がルソーヴォの小学校内に開館する。二〇〇八年には、ウェルコポルスカ蜂起九〇周年記念事業の一環として、現在の建物が竣工された。ちなみに、最初に博物館が開館した小学校は、現在「ユゼフ・ドヴブル＝ムシニツキ将軍記念小学校」と呼ばれている。

校門の横にはムシニツキ将軍の銅像も置かれ、今日も子供たちを見守っている。

「ムシニツキ将軍は、子供が大好きでしたからね。私たちは将軍の姿が見えると『将軍、ごきげんよう』と挨拶しにいったものです。彼はいつも笑顔で応えてくれましたよ」

ユゼフはそう言って目を細める。彼は幼い頃にみたムシニツキ一家の姿を、いまでも昨日のことのように思い出すのだという。

妻のアンナは、この村の出身ではないので一家の記憶はないが、夫の思い出話を聞いて、記念館の開設を提案したそうだ。

「社会主義時代は、ムシニツキ将軍の存在は忘れ去られていました。昔はワルシャワのヴィスワ川沿いに立派な銅像が立っていましたが、五〇年代に一夜にして撤去されてしまったのです。自由化後に私が将軍の墓を訪れると、十字架が傾いて、荒れ果てた有様でした。このままではいけないと思ったのです」

記念会はこの二三年間で、ポーランド中から五〇〇〇点ものコレクションを集めた。元兵士からなど、寄付によるものも多い。博物館は地域の学校の教育実習の場となっていて、これまで四万人近くの人が訪れたという。

博物館の二階はウェルコポルスカ蜂起関連の、一階はユゼフ・ドヴブル＝ムシニツキ将軍とその一家についての特別展示室で、カティンの虐殺に関する資料も展示されている。

頭蓋骨の行方

一階の展示室に足を踏み入れると、ヤニナ・レヴァンドフスカの呼吸が聞こえてきた。資料で読んだ女性ではなく、いま息をしている姿で、ヤニナが立ち現れたのだった。

私は彼女に、ようやく会えた気がした。

ここには、ひとりの女性が生きた三二年の時間が凝縮されている。様々な年代の写真。彼女が愛用していたラジオの上に飾られていた、小さな飛行機の模型。ヤニナの結婚のお知らせ、結婚証明書のコピー。

現在発見されている彼女の直筆は二点だ。一点目は、ヘルータ・ストルジクヴナという級友に宛てた寄せ書きだ。有名な詩の一節が綴られている。

二点目は、彼女が書いた葉書で、ここにも詩的な言葉が記されている。

『心が、心にお願いします。心を覚えていて、と』

詩を愛していたのだろう。どちらの字も特徴的で、ヤニナ（Janina）のJの頭の部分が、ト音記号のようにくるくると丸まっている。この時代はカリグラフィーが学校の必修だったらしく、ヤニナも自分なりの個性的な筆跡を使っていたのだろう。

そのとき、展示室の奥にある異様な物体に気が付いた。ガラスケースに覆われたそれは、深い茶色に変色して黒ずんでみえる。

「それは、ヤニナ・レヴァンドフスカの頭蓋骨のレプリカです。本物もこの村にちゃんとありますよ」

「え!? カティンの森に埋められた頭蓋骨が、なぜこんなところにあるんですか？」

私は驚いてアンナに尋ねた。カティンの森の遺体は、すべて発掘調査のあとに埋め戻されたはずだが――。

「調査団のなかにいたドイツの学者が、女性の遺体に驚いて、現場から持ち帰ったのですよ。終戦後、頭蓋骨はずっと隠されていました。この村に帰ってきたのは一四年前のことです」

よくみると、後頭部には弾痕らしき穴の痕があり、上あごと下あごの部分は欠損していて、その部分は石膏で補われていた。色も形も精巧に再現したレプリカで、製作を依頼した技術者は、この仕事を無償で引き受けてくれたのだという。

頭蓋骨の本物は、博物館の向かいの墓地に埋葬されている。その墓にともに眠っているのは、ムシニツキ将軍と母親だ。

パルミリに埋められたはずのアグネシュカの遺体は、現在も特定されていない。

頭蓋骨がヤニナ・レヴァンドフスカのものではないかと、ルソーヴォに問い合わせが来たのは二〇〇三年のことだった。それから身元が確定するまでに二年半を要し、二〇〇五年に頭蓋骨は故郷に戻ってきた。

二〇〇五年十一月四日、ルソーヴォでは大規模な葬儀が執り行われ、村中の人が彼女の六五年ぶりの帰還を、涙をもって迎えたのだという。

頭蓋骨の発見から、ルソーヴォに戻ってくるまでの道のりについては、あとで詳しく述べることとする。ただ、その経緯を知る誰もが、「これは神の奇跡だ」と口をそろえる。

神の不在と思われた森にも、奇跡は起きたのだろうか？


博物館向かいの墓地に着くと、私はその様子に驚いた。ムシニツキ家の墓の周辺には多くの花や灯籠が置かれ、墓場とは思えないような華やかな雰囲気だったからだ。

一瞬、私が来るので特別に飾ったのかとも思ったが、灯籠は置かれてから日にちが経っている様子だし、花はどれも統一性がなく様々な種類、色、大きさで、多くの人が一家を偲んでいることがわかる。

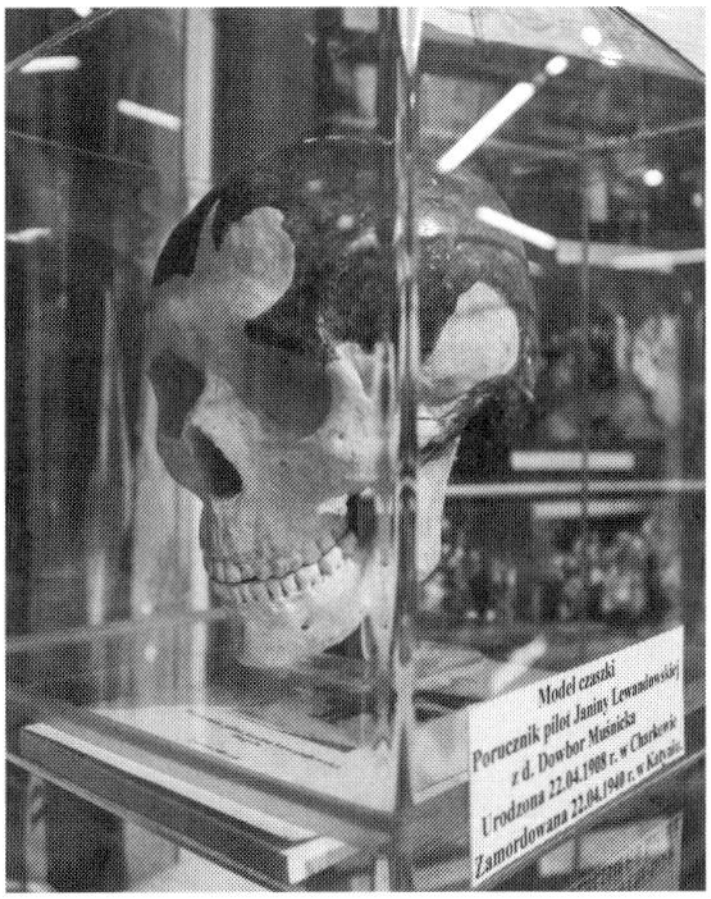

ヤニナの頭蓋骨のレプリカ

墓石の両側には、大理石造りの納骨壺が置かれている。二〇〇二年、ヤニナの誕生日にあわせてカティンの森事件追悼式典が行われ、右の納骨壺にはカティンの土が、左にはパルミリの土が納められた。

プレートには、こう記されている。

ヤニナ・レヴァンドフスカ　一九四〇年四月二十二日
カティンで帰天
アグネシュカ・ドヴブル＝ムシニツカ　一九四〇年六

月二十一日　パルミリで帰天

ふたりの命日は、たった二か月しか離れていない。

「四月二十二日は悲しい日だけれど、同時にヤニナの誕生日でもあります。パルミリの土はムシニツキ将軍の元部下たちが、カティンの土は、ヤニナと同じく空を飛ぶことを愛し、国内外の多くのスポーツグライダーの大会で優勝した女性であるアデラ・ダンコフスカ氏が納めたのですよ」

バーバラが誇らしげに言う。その時は、三年後にヤニナ・レヴァンドフスカの頭蓋骨が故郷に戻ってくるなど、誰も思ってはいなかったそうだ。

博物館の入り口の横に植えられた二本の木も、姉妹を記憶するためのものだ。右側のトウヒは二〇一三年にカティンから、左側の松は二〇一七年にパルミリから、それぞれ移植されたものだ。植えた年が早いため、右側の木の方が少し大きい。

私にはそれが、妹が姉に寄り添っている姿のようにみえた。

「年が十一歳離れていましたし、生まれてすぐに母親を亡くしているので、ヤニナはアグネシュカにとって姉というよりも、母親に近い存在でした。ただの仲良し姉妹ではなく、ヤニナは妹を正しく導こうとしていたようです。特にアグネシュカは評判の美女でしたから、ヤニナも心配事が絶えなかったのでしょう」

私は、博物館に展示されていた真鍮のコインを思い出していた。ヤニナとアグネシュカの別れの様子が描かれていて、ヤニナはパイロットのつなぎを着て、アグネシュカは姉の右手にそっと手を添えている。

ヤニナは出征する前に、アグネシュカを呼び出してこう言ったのだという。

「身体を大事にして、ちゃんとした生活を送るように。これからは、行動や言動には十分に気を付けるのよ」

この時のヤニナだが、戦争はそれほど長く続かないと思っていたようだ。出征前には手伝いの女性に、石炭や燃料など、冬に向けた準備の指示をしていったという。本人は、すぐに戻るつもりだったのだろう。

結果として、これが姉妹の永遠の別れとなった。

ムシニツキ一家の記憶

一九九六年、博物館の開設にあたって、アンナ・グライエクは、ムシニツキ一家の下で働いていた使用人、友人、知人にインタビューを行っている。

残念なことに、現在では全員が亡くなってしまったが、彼らの証言によれば、ムシニツキは非常に良い経営者で、従業員思いの雇い主だったようだ。

「賃金は秩序立っていて、よい働きをした者には追加の報酬が与えられました。あるとき、使用人が物を盗んだことがあったのです。ムシニツキは彼を叱責し、解雇しましたが、最後にその使用人にこう言ったそうです。『もし必要な物があるなら、私のところに来て言いなさい。私がそれを君にあげよう。でも、盗んではいけない』と。

厳格ではありましたが、住民を避けることなく、行き会った人々と気軽に会話をしていました。

彼らの生活にも興味をもっていて、ときに老いた人、貧しい人を援助していました」

客人を招待したとき以外は、食事も使用人と一緒にとっていて、世界大恐慌のときでも一人も解雇しなかったという。

またムシニツキは、農園を自ら監督した。疲れたら腰掛けることもできる特殊なステッキを携え、しょっちゅう徒歩で村中を歩き回っていたそうだ。

杖については、戦時中の怪我の後遺症があったのだと思われる。

「私もこうして杖を持っていますが、ポーランドでは杖を『かわいい女の子』と呼びます。いまでは妻より身近になってしまいましたがね」

すかさずユゼフ・グライエクが口を挟むと、部屋は笑いに包まれた。ユゼフはお茶目な人で、おまけに感動屋だ。昔の話をするとき、彼の目はすぐ潤む。うっとりと、噛み締めるように一家の姿を語るのだ。

ユゼフはこの博物館を訪れる人々のために、ムシニツキ将軍、ヤニナ、アグネシュカの人生を記した小冊子をそれぞれ作成した。

他の資料にはない、一家の過ごした穏やかな日々がそこには綴られていて、私をじんわりと温かな気持ちにさせるのだった。


ムシニツキは馬をこよなく愛していたが、特に寵愛していたのは「パンナ・エウロペイスカ（ミス・ヨーロッパ）」と呼ぶ牝馬だった。

その馬は、ロシア帝国軍でも、第一ポーランド軍団でも、ウェルコポルスカ蜂起でも、常に将軍に付き従ってきた愛馬だったという。一番の相棒に跨って、彼は領地を回った。

　ユゼフは、幼い頃に見た将軍の姿を、いまでも覚えている。

「ポズナンに出かけるとき、将軍は馬車に乗るのですが、私たち子供を見かけると、馬車の上から飴玉をくれるんです。遠くに馬車が見えると、子供たちは夢中で追いかけましたよ。その飴玉の甘いことといったら……。みんな大はしゃぎでした」

　将軍の子供好きは地元でも有名で、教会の祭りではおもちゃやお菓子を用意し、村の子供たちに配っていたという。

　村人のペラギア・オクプニャクは、少女のときに将軍に人形をもらったことを覚えている。

　また別の日には、屋敷の庭園にあった、切り株で作ったベンチに腰掛ける将軍の姿を、鮮明に記憶に留めているそうだ。

　ルソーヴォやその周辺地域には、ウェルコポルスカ蜂起への参加者が多く住んでいた。非常に珍しかったのは、蜂起の犠牲者の母親に対し、ムシニツキから勲章が贈られていたことだ。母親に勲章を与えることで、せめてもの慰めにしてもらおうと思ったのだろう。

　また、ムシニツキは蜂起参加者のために、副官のジグムント・プルチンスキと共に、新時代の農業経営を教える講習会を開いた。

　後進育成にも積極的だったようだ。夏になると、ボーイスカウト「海の狼」のメンバーを屋敷に受け入れて、彼らを援助した。また、ポズナンの大学生組合や、ヴィルノ（現リトアニア領ヴィリニュス）の青年団の活動も支援し、青少年の育成に情熱をみせた。

　自らのルーツ、そして敬虔なカソリック信者としての役目も忘れることはなく、毎年、家族と共にヴィルノの修道院まで赴き、カソリックの儀式に参加するのが常だった。リトアニアの大貴族出身だということを、ムシニツキはなによりも誇りにしていた。

ヴィルノから将軍が買ってきたというお土産の聖母子像を、使用人は長年大切に保管しており、現在は博物館に展示されている。

遠い日の少年

墓地を出て、湖を右手に眺めながら一五分ほど歩くと、やがて白亜の屋敷がみえてくる。軍を引退したムシニツキは、この屋敷に移り住んだ。のどかな田舎町に鎮座する宮殿は、湖の光を浴びて一枚の絵のように美しいが、どこか異質でもある。

近付いてみると、屋敷の周りは柵で囲われ、立ち入り禁止となっていた。なかからは絶えず工事の音が聞こえてきて、もうもうと土ぼこりが舞っている。

「実はこの屋敷は、最近ある企業が購入して、現在改装中なのです。結婚式場になるという噂ですが、完成した暁には美しい湖を見下ろす、素晴らしい式場になるでしょうね」

案内してくれたクシジャニアック館長が、少し残念そうに言った。あと二週間で、ムシニツキがこの屋敷を買ってから一〇〇年が経つのだという。

ヤニナの思い出が詰まった将軍の館が、博物館などではなく、結婚式場になる。これも時代なのだろうか。取り壊されなかっただけでもよしとするべきか。

館長に事情を説明してもらって、外観の写真だけは撮らせてもらうことができた。作業員はいっせいに手を止めて、カメラを構える私を怪訝そうにみている。

この館にかつて住んだ人たちのことなど、彼らは知るはずもないだろう。

三国分割の際、この土地がプロイセン政府によって国庫に入ったあと、ポメラニア地方に住む貴族ミエチスワフ・ポニャトフスキ家が一帯を購入した。

ポニャトフスキ家の娘パウリーナが、十七歳で男爵ヴィルヘルム・フォン・リヒトホーフェンに嫁ぐことになった際、持参金代わりにこの土地が贈られたという。

そして若き新婚夫婦は、湖のほとりに輝く白亜の宮殿を建てたのだった。

余談ではあるが、パウリーナが嫁いだリヒトホーフェン家からは、第一次世界大戦中の伝説の戦闘機パイロットである、マンフレート・フォン・リヒトホーフェンが誕生している（愛機に赤い塗装をしていたことから「レッド・バロン」の名で恐れられ、前人未到の八〇機を撃墜した）。

パウリーナの死後はドイツの銀行家に買われたが、ウェルコポルスカ蜂起後、独立したポーランドのものとなった土地と建物を、改めてムシニツキが購入したのだった。

館は、建設当時流行っていたネオ・ゴシック様式で、十六もの部屋を有していた。館の左翼にはいまでも執事のための家があり、当時は休暇でここを訪れる人のための、ボスフォラス（海峡）と呼ばれた建物も建っていたという。

館や使用人の家には、近代的な水道、セントラルヒーティング、水洗トイレも完備されていて、冷蔵庫の役割を果たした室の跡も発見されている。

庭園には鯉を養殖する池もあり、馬も、農園も、常にこまやかに管理されていた。ここは戦場を渡り歩いたムシニツキが最後に得た、地上の楽園だったのかもしれない。

ヤニナはポズナンに出たあと、週末にはホームステイ先のハシェヴィチ家の子供たちと共に、馬車でルソーヴォに通っていた。毎週日曜日には、カール湖のほとりに建つ教会でミサが行われるからだ。

その様子を、ユゼフはこう語る。

ミサの時間になると、将軍が教会に現れる。「将軍、おはようございます」。「やあ、おはよう、調子はどうですか？」。ムシニツキがルソーヴォの人々と挨拶をかわす。

少年のユゼフは、将軍の大きな背中をみつめている。背筋はいつもしゃんと伸びていて、身なりは清潔で糸くずひとつ付いていない。

やがてミサが始まると、ヤニナのオルガン演奏が堂内に響く。彼女は美しい声で、讃美歌や聖歌を歌う。村人は皆、その声に聞きほれたという。

ミサのあと、ムシニツキ一家は屋敷に集い、皆で食卓を囲んだ。ときにはヤニナが腕を振るったというが、一番好んで作ったのは子豚料理だったそうだ。

足が悪いので車のなかで待っている、と言っていたユゼフが、おもむろに運転席から降りてきて（なんと、ここまで彼が運転してきたのだ！）、柵に囲まれた屋敷を見て目を細めた。

「姉妹のこともよく覚えています。ヤニナさんは、妹のアグネシュカさんと馬に乗って、地主の娘と三人でよく競走をしていました。

三人の若い女性が馬に跨り、スピードを出して走る姿は、男の子たちにとってそりゃもう魅力的な眺めでしたよ。蹄の音がタッカタッカと響いて……。その馬を駆る姿が、まるでオートバイを運転しているように恰好よくみえたものです。ヤニナさんは乗馬用のズボンに、ぴかぴかの長靴を履いて、いつも颯爽としていました」

「姉妹とは、会話をしたことはなかったのですか？」

「身分が違いますからね、挨拶程度でした。でも、いつも遠くから眺めていました。ふたりともとても綺麗で、いま思えば、あれが憧れというものだったのかもしれません」

そう語るユゼフの顔は、少年のようだった。

飛ぶように草原を走る馬の蹄の音、娘たちの笑い声、土けむり。それを遠くからみている少年の眼差し——。

ユゼフにとって姉妹は、手の届かない、神聖な存在だったのかもしれない。だからこそ、彼の記憶のなかの姉妹はいつでも輝いている。

ルソーヴォの妖精パック

アグネシュカ・ドヴブル＝ムシニツカの名前は、教区帳簿の四十八番にみることができる。一九一九年九月七日の十八時に誕生。母親が亡くなったとき、アグネシュカはまだ一歳にもなっていなかった。

末娘の多くがそうであるように、アグネシュカも天真爛漫な性格の持ち主だった。責任感に溢れる長女と違い、甘え上手なところもあり、ムシニツキ将軍の一番のお気に入りだったという。

家族や友人は親しみを込めて、ヤニナを「ヤンカ」、アグネシュカを「グーシャ」と愛称で呼んでいた。

使用人の娘フランツィスカ・ソハ、農場主の娘スタニスワワ・ノヴァクは、ともにアグネシュカのよき遊び相手だった。

フランツィスカの記憶によれば、アグネシュカは六歳からもうポニーに乗っていたそうだ。ある日、父親の前で彼女は落馬し、ムシニツキは真っ青になっていたという。

アグネシュカとフランツィスカはいつも一緒で、山で野イチゴを採り、自転車に乗り、冬は橇《そり》で丘を滑って遊んだ。

屋敷のなかでフランツィスカの興味を引いたのは、分厚いカーテン、古風な絵画、軍隊時代の勲章や記念品で覆われた、ムシニツキの大きなサロンだった。

書棚にはたくさんの本が置かれ、将軍の寝室のベッドの上には、毎年家族で訪れるヴィルノの修道院にある『夜明けの門（オストラ・ブラマ）の聖母』のリトグラフが掛かっていたという。

ヤニナと同じく、アグネシュカも小学校の教育は主に家で受け、地元の小学校の校長が彼女の教師だった。高校からポズナンの学校に通い始めたが、ムシニツキはヤニナと弟オリギュルドのためにハシェヴィチ家、アグネシュカのためにはアウ家の部屋を、それぞれ下宿先に選んだ。

ポズナンでは、ヤニナの最初の学校でもあった「ザモイスカ将軍夫人記念中高等学校」に通い、多くの友人にも恵まれた。

下宿先のアウ家では、部屋にあったグランドピアノを時おり弾いていたという。アウ家も実の娘のようにアグネシュカを世話し、アウ家の息子アンジェイと娘クリスティーナもまた、アグネシュカと仲良くなった。

やがてアグネシュカは、誰もが振り向くような女性へと成長する。母親のエキゾチックな雰囲気を継いだヤニナとは違って、まさに父親の遺伝子を受け継いだ、人を惹きつける華やかな顔立ちだった。性格も父親に似たようで、エネルギッシュで、冒険を好む魂の持ち主だったという。ムシニツキは、そのことを常に心配していたそうだ。

かつて、館を客人として訪れたエウゲニウシュ・デ・ヘニング・ミハエリス将軍は、かなり熱を帯びたこんな文章を書き残している。

いずれの祭りの前夜にも、ドヴブル一家の一番若いメンバーであるチャーミングなグーシャ嬢、将軍の愛娘がポズナンから舞い降りてくる。

いくらか薄暗い館の内部を、彼女は春の太陽の光のように照らして、人を楽しませるおしゃべりで部屋を満たし、将軍の顔に喜ばし気な笑みを呼び起こしている。

勇ましく跳ねまわり、上手に馬に乗ったり、湖でエネルギッシュにボートを漕ぐたびに、彼女は人の目を楽しませている。その時の彼女は、魔法の森に生きる喜びを広げる、シェイクスピアの妖精パックの幻を人々に見せているのだ。

熱が入り過ぎて、ちょっと怖いくらいだ。将軍とヤニナの気苦労がしれる。『夏の夜の夢』に登場する妖精に喩えられるほどに、アグネシュカは人々を魅了したようだ。

そして、幼い頃から野菜を栽培する農園で働くのが大好きだった彼女は、ギムナジウムの卒業試験を終えると、ポズナンの国立園芸大学に進学した。空き時間には、ポズナンの乗馬クラブに通ったという。

将軍の息子たち

ここで、私はふと思い出す。ムシニツキ家には、ゲディミンとオリギュルドというふたりの息子がいたはずだ。これまでの会話のなかで、兄弟についてほとんど語られないのは、一体どうしたことだろう。

そう聞いてみると、アンナは首を振ってこう言った。

「当初、この保守的な家において、伝統の継承者はなんといっても男子でした。しかし、息子たちはふたりとも、父の期待に応えることができなかったようです」

母親もおらず、軍隊生活が人生のほとんどを占める父親が君臨する家庭は、兄弟たちにとっての「安らぎの我が家」とはならなかったようだ。

娘たちは、後にこう語っていたという。

「父としては思いやりがありましたが、生活は時として悲惨なものでした」

まれではあるが、ムシニツキは子供たちを小旅行や、領地の散歩に連れて行った。その時の彼は、背筋を真っすぐに伸ばし、偉大なるポーランド王ステファン・バトーリのように誇り高かったが、ひょっとするとそのように振る舞っていただけかもしれない。

ゲディミンとオリギュルドという名も、リトアニア大公のリウタウラス家に多い名前で、ムシニツキがリトアニアのルーツに思い入れがあったことがわかる。この家の娘がポーランド王に嫁いだことが、ポーランド・リトアニア共和国を成立させる先駆けとなった。

その名に恥じぬよう、ムシニツキは子供たちを軍隊式に養育したという。男女を問わず、乗馬をたしなませ、水泳を教え、冬にはスキーをさせた。特に、男子に対するムシニツキの要求は厳しいもので、息子たちはそのプレッシャーに耐えることができなかったようだ。

ムシニツキ家の長男ゲディミンは、一九〇六年七月六日、ロシアのヤロスラヴリで生まれた。ポズナンのギムナジウムで学んだあと、エンジニアとなる。自然科学分野での才能、特に精密機械の扱いに長けていたという。

しかしその性格は、大学教授だった母方の祖父に似て繊細で、マッチョな父と全くそりがあわなかったようだ。ムシニツキは彼を学者にするために、フランスのトゥールーズにある電子工学研究所で学ばせることにした。

当初は勉学に励んでいた彼だったが、だんだんと自分の責務を軽んじ始めたようだ。物理よりポーカーに興味をもち、安酒場の常連となった。やがて、ギャンブルの借金を払うために、友達の試験を代わりに受けたことが発覚する。

ムシニツキはこの「不肖の息子」への資金援助を打ち切り、連絡も絶ってしまう。その後も、死ぬまで一切会うことはなかった。

博物館の調査によると、一九三六年には、ゲディミンはスペイン内戦に参加している。第二次世界大戦時は、義勇兵としてフランス軍に入隊して闘ったという。一九四〇年にドイツ軍の捕虜となったが、戦後トゥールーズへ戻った。

捕虜生活で一緒だった友人の靴工房で働き、靴職人として一生を終えた。

一九六〇年代後半にトゥールーズで亡くなり、現在も郊外の無縁墓地に葬られている。

将軍の息子としての期待に応えられなかった長男に比べて、次男オリギュルドは「申し分のない」息子だったといえるだろう。

一九一一年九月十九日にロシアのヴォロネジで生まれ、ポズナンのギムナジウムを卒業。ボクシングとモーターバイクが趣味で、空を飛ぶことに最初に目覚めたのも、ヤニナではなく彼だった。ギムナジウムに通いながら三年間の飛行講習を修了し、一九三五年にはデンブリンの士官学校に入学する。士官学校卒業後は、ワヴィツェの第三飛行連隊で軍務に就いた。

父の期待を一身に浴びたオリギュルドは、ムシニツキの死の瞬間まで最上の息子であり続けた。ハンサムで筋骨隆々としており、ジェントルで社交的な彼のもとには、結婚の申し込みがあとを絶たなかったという。

しかし、悲劇は突然訪れる。一九三八年九月八日、オリギュルドは自らの頭を銃で撃ち抜いたのだ。彼の死に関しては、いまでも地元で様々な説が囁かれているというが、そのうちのひとつは次のようなものだ。

彼はある日、ダンスホールで年上の女性をダンスに誘おうとした。女性は断ったが、その後も何度か誘った。しかし、運悪く彼女はオリギュルドの上官の妻で、その場で彼は上官から厳しい叱責を受ける。

オリギュルドは礼儀正しく謝罪し、クロークの方に出て行き、その場で自分の頭を撃った――。

結局、死の真相はいまもわかっていない。女性とは以前から恋仲であったという噂もまことしやかに囁かれたし、恋愛のもつれは自殺とは無関係だという人もいる。

　ムシニツキはその事件の一年前に亡くなっており、自慢の息子の末路を知らずに旅立てたのは不幸中の幸いだった。

　ひょっとすると、偉大なる父の死が、彼の心に何らかの影響を与えたのかもしれない。

二十七歳の誕生日を目前にしてこの世を去ったオリギュルドは、ポズナンの城塞（シタデル）にある、飛行士のための区画に葬られた。カソリック信者にとって、自殺は大罪だ。将軍の息子の不名誉な死は、その後もしばらく人々の噂の的となったそうだ。

　この突然の喪失は、ヤニナの心に暗い影を落とした。ヤニナの人生は、どこか弟のあとを追っていたようなところがある。

　オリギュルドの悲劇的な死のあと、ヤニナはずっと喪に服し、弟の死について書かれている新聞記事の切り抜きをすべて集めていたという。

　学生時代を共に過ごし、自分を飛行の道に導いてくれた最愛の弟。ヤニナが初めて飛行機で空を飛んだとき、操縦桿を握っていたのはオリギュルドだったという。もしかすると姉と弟というより、恋人のようなふたりだったのではないか。ふとそんな風に、私は思った。

　こうして、ムシニツキ将軍の意志を継ぐ子供は、ヤニナとアグネシュカだけとなった。

ムシニツキ将軍の死

一九三五年五月十二日、ポーランド独立の父と呼ばれたユゼフ・ピウスツキが、肝臓癌のためワルシャワで死亡した。ひとつの時代が終わったのだ。

そしてムシニツキもまた、病いがちの日々を送っていた。使用人は、この頃には彼はベッドに横になったまま、ずっと本を読んだり、手紙を書いたりしていたと話している。

健康状態の悪化を考慮して、ムシニツキは自らの領地を他人に貸し出した。しかし、借地人は人々を酷使し、土地を荒廃させたという。ムシニツキの心労は募るばかりだった。

しかし、大の音楽好きだったムシニツキは、ある日、ポズナンの大劇場で上演されるオペラの初日に出かけることにした。

この日の演目は『スペードの女王』。チャイコフスキーの最高傑作ともいわれるオペラだが、その内容は彼にとって不吉なものだった。カードの賭けに負け、正気を失った主人公が、短剣で自害するところで終幕を迎えるのだ。

ポズナンから戻ったムシニツキは、気分が悪いと訴えた。心配した使用人が紅茶をもっていくと、彼は肘掛け椅子に座って俯いていたという。

その夜、ムシニツキは息を引き取った。死因は心臓発作である。家族は誰も彼の傍らにいなかった。一九三七年十月二十六日二十一時三十分、多くの兵士たちを率いた偉大な将軍は、孤独のなかで旅立ったのだった。

死の報せを聞き、アグネシュカがポズナンから駆け付けた。その夜のうちに、ルヴフで無線通信の講習を受けていたヤニナ、デンブリンの空軍アカデミーで訓練中だったオリギュルド、フランスのトゥールーズにいるゲディミンの下に、それぞれ電報が送られた。

ムシニツキの亡骸《なきがら》は、教区司祭によって香油が塗られたあと、ウェルコポルスカ軍の軍服を纏い、花と点灯されたろうそくのなかに横たえられた。

翌日には、元ポーランド軍団のユゼフ・ハレルが館を訪れ、戦友に別れを告げた。その後、灯りをともしたたいまつの列のなかを、「ドヴブルの部下たち」協会のメンバーによって、棺は教会まで運ばれた。

ユゼフ・ドヴブル゠ムシニツキの死の報は、瞬く間にポーランド全土に広がった。

十月三十日土曜日、ヤニナとアグネシュカの準備のもとで行われた葬儀には、八人の将軍、多くの将校、ウェルコポルスカ軍の部隊、最高評議会の代表者たち、蜂起の参加者たち、ボーイスカウト、そして死亡広告をみた多くの民衆が集まり、ルソーヴォの教会の前は入りきれなかった人たちで溢れた。

ポズナン砲兵隊の兵士たちが、葬送の大砲を一斉射撃し、彼の功績に敬意を表した。ショパンの『葬送行進曲』が流れるなか、六頭の黒毛の馬が引く棺の後ろに人々が並び、墓地までの道のりは大きな告別の行進となった。

「おい、飛行機だぞ！」

見上げると、墓地の上を飛行機が旋回していた。キューバンエイト（8の字飛行）を数回繰り返したあと、飛行機から花輪が投げられるのを、人々はみた。

こうして多くの人に見送られながら、ロシア帝国第一ポーランド軍団の創設者、そして大ポーランド蜂起の最高司令官は旅立った。

それはピウスツキの死から、二年半後のことだった。

ヤニナの結婚

一九三九年一月、ヤニナはポズナンのニエツァワ通り一番地にある、二部屋のアパートへと引っ越した。

郵便局での長時間の勤務、さらにポズナン飛行クラブでのレッスンで多忙な日々を送っていたが、そのなかで病弱な祖母をルソーヴォから引き取ることにしたのだ。

病床の祖母の介護を手伝ったのは、二十一歳のヴワディスワヴァ・ヴウォトコフスカだった。彼女は後に、アンナのインタビューに対してこう話している。

「一九三九年四月から、ヤニナさんの新居の用事と、彼女のおばあさんの介護を手伝っていました。ふたりとも、私を家族のように待遇してくれたのです。

ヤニナさんはとても家事が上手で、お料理も得意でしたし、縫い物も自分でされていました。冬用の保存食も、ご自分でお作りになっていましたね。仕事のあとに、ワヴィツェ空港に通って飛行機の操縦を勉強されていました。時間があるとピアノを弾いて、美しい声で歌を歌っていらっしゃったことを覚えています。

そして、よくお父様の肖像画をみつめていました。ムシニツキ将軍の遺した日記や、回想録を大事に保管されていたようです」

父親について語るときのヤニナの口調には、いつも敬意と愛情が感じられたという。彼女にとって、父は模範であり、偉大な権威でもあったのだろう。

ムシニツキの死後、将軍家の使用人だったチェスワフ・マスタレシュが、時々ルソーヴォから土地の借地代をもって自転車でやってきていた。ヤニナはその彼をいつも温かく迎えて、もてなしていたという。

部屋には時おり、ポズナンの国立園芸大学で造園学を学ぶ妹のアグネシュカが、生活費をもらいに訪れたそうだ。姉妹はいつも、お茶を飲みながら日常の様々なことを話した。

たまには、恋の話もしたのだろうか。

父の死の前年、一九三六年にノヴィ・ソンチ近郊のテンゴボジェで開催されたグライダーショーに参加したヤニナは、そこでひとりのインストラクターと出会う。後にヤニナの夫となる、ミエチスワフ・マリアン・レヴァンドフスキだった。

ミエチスワフは、一九一一年一月四日にクラクフ近郊のボラ・ドゥハツカで生まれた。ヤニナの方が三歳上で、俗にいう「姉さん女房」だ。

ムシニツキ将軍は生前、「飛行機からパラシュートで飛び降りるようなじゃじゃ馬は、結婚などできないだろう」と嘆いていたというが、その飛行機がふたりを引き合わせたのである。

しかし、出会いの翌年にはムシニツキが亡くなり、さらにその翌年には弟オリギュルドが亡くなるという不幸が重なったため、結婚は延び延びとなっていた。

一九三九年六月十日、ふたりはポズナンで結婚届を出し、役所での式が行われた（ポーランドでは役所と教会、式を二回挙げることが多い）。ポズナンの役所には、ふたりが提出した結婚届がのこされている。

この日撮った写真を見ると、ミエチスワフは借りてきたダークスーツ、ヤニナも白襟に黒っぽい生地の質素なワンピースを着て、花束を持って微笑んでいる。

この日よりヤニナ・ドヴブル＝ムシニツカは、ヤニナ・レヴァンドフスカとなった。

教会での式は六月十七日、ふたりが出会ったテンゴボジェのグライダー学校近くにあるユスト教会で挙げられた。続く披露宴は、ポズナンのヤニナの家で行われたという。

とても質素なもので、披露宴には結婚式の証人であるスタニスワフ・コペルスキとイレナ・ハシェヴィチ、その両親がいた。ヤニナはポズナンでの下宿先だったハシェヴィチ家の夫妻をパパ、ママと呼んでいて、その姿は本当の親子のようだったという。

お手伝いのヴウォトコフスカによれば、この日の新郎新婦はとても幸せそうで、表情は喜びにあふれ、宴中は終始陽気だったという。

ふたりはこの日、グライダーの前で記念写真を撮っている。腕いっぱいのブーケを抱えたヤニナは、純白のウェディングドレスを身に纏い、その横にはミエチスワフが寄り添っている。ウェディングフォトにグライダーを収めるのは、ふたりにとって当然のことだったのだろう。

ヤニナは情熱をわかち合い、理解し合える伴侶をみつけたのだ。

開戦の日

結婚したヤニナとミエチスワフだったが、住宅はまだ別々の街にあり、それらの処分や新居の準備のため、一旦それぞれの家に戻ることにした。

ポズナンに戻ったヤニナは、近々ドイツがポーランドへ侵攻するのではないかという噂を耳にする。不穏な空気が張りつめるなか、ヤニナは九月にワルシャワで開催されることになっていたグライダー選手権の準備に余念がなかった。

　これは、翌年にヘルシンキで開催される航空オリンピックへの出場権をかけた国内予選で、彼女はそれに参加する予定だったのだ。

　しかし八月に入ると、状況はさらに緊迫する。ポズナン飛行クラブの飛行士たちは特別教習を受け、近いうちに始まるかもしれない戦争に備えて軍に予備役として配属されることになった。

　八月末に、ヤニナにも予備召集カードが交付され、飛行士の一部は早くもルブリンの第三航空連隊へと送られた。

　一九三九年八月二十三日、ドイツとソ連の間で、双方の勢力圏の境界を考慮に入れた不可侵条約が締結された。悪名高い「モロトフ＝リッベントロップ協定」である。

　一方的に国を分けられた三国分割の悪夢が、再び繰り返されようとしていた。

　九月一日、グダニスクのヴェステルプラッテで号砲が鳴り響き、ドイツとの戦争が始まる。

　ヤニナは開戦から三日目の九月三日、飛行クラブの友人三名とともに、指定の部隊に合流するためにポズナンを発つことになった。

　飛行士として、そして将軍の娘として、国のために戦う覚悟だったのだろう。

　ヤニナは準備のために自宅に戻り、ヴウォトコフスカにアグネシュカの住所を教え、病気の祖母の世話をしてくれるように頼んだという。

　この時のことを、ヴウォトコフスカはこう証言する。

「ヤニナさんは、出発前に冬用の石炭を買って、家賃に二〇〇ズウォティを置いていきました。価値のあるものとアルバム二冊は、ハシェヴィチ家に預けました。旦那さんにはカードにメッセージを書いて、私に家の管理を頼みました。そして、私に心からの別れを告げると、『すぐに戻るから』と言ったのです。

きっと、自分の家に二度と戻れないことなど、想像すらしていなかったのでしょう。軍服を着て、下着の入った小さな行李を持ち、そして肩には軍のかばんをかけて、家をあとにしたのです」

その時、夫ミエチスワフはどうしていたのだろうか。これについては、小説などでは真実よりもドラマティックに描かれている。例えば、こういうストーリーだ。

ミエチスワフは、彼女が出征したことを知らずに家に迎えに行った。そこで初めてヤニナが戦線へ向かったと知り、大急ぎで駅に向かう。しかし、列車は彼の目の前で出ていってしまい、それがふたりの永遠の別れになってしまった――。

美しい別れのシーンは涙を誘うが、実際のところは、ヤニナの出征当日に彼がどこで、なにをしていたのかは不明だという。結局夫婦は、一緒に住むことさえ叶わなかった。

ヴウォトコフスカは、開戦後にミエチスワフがポズナンにやってきたときのことを、このように語っている。

彼は、ヴウォトコフスカから妻が出征していったことを知らされ、驚いた様子だったという。そして数日間は家に留まり、妻の帰りと、彼女についての何らかの情報を待っていたようだった。

しかし、そうしている間に、ミエチスワフはポズナンに侵攻してきたゲシュタポに逮捕されてしまう。ポズナンのグウヴナ通りにある一時収容所に拘置されたが、この収容所は、ポーランド人をドイツの総督府域内へ移送するための通過点だった。

「ある日曜日のこと、ヤニナさんの旦那さんがドイツ人から許可書をもらって、外に出てきました。

そして、あらかじめ教えておいた私の両親の家を訪れたのです。

彼は自分の現在について話し、私の両親と目下の戦争の状況について語り合っていました。戦争がどうなるかもわからずに、ショックを受け、悲嘆にくれている様子でした。

私の母がレヴァンドフスキさんに食事をさせて、総督府域への移動の前に何かを手にいれて持たせようとしていましたが、彼はそれを断り、引き続き、妻の家の管理をしてほしいと私に頼みました。しかし、すでにあの家には、これまで二階に住んでいたシェンデルというドイツ人が入り込んで住み始めたことを、彼には言えませんでした。

そして長い間、妻の肖像画をみつめていたレヴァンドフスキさんは、最後に深いため息をついて『わが妻よ』とつぶやくと、そこから急いで立ち去って行ったのです」

僅か八〇日間の夫となったミエチスワフ・レヴァンドフスキは、やがてナチスによって総督府域へと移送された。


ドイツがポーランドに侵攻して間もない九月八日には、ドイツ軍がルソーヴォに入ってきた。約二〇〇人のドイツ兵が湖の対岸を通って、ポズナンに向かっていったのだ。

その際にドイツ兵たちは、ルソーヴォの住民に、ユゼフ・ドヴブル゠ムシニツキ将軍の子供たちのことを尋ねて回ったのだという。

それからというもの、ドイツ兵は毎日村を訪ねてきた。ウェルコポルスカ蜂起の最高司令官がこの村に住んでいたことを、彼らは知っていたのだ。

その頃、館にはアグネシュカだけが住んでいた。両親は他界し、長男はフランス、次男は自殺しており、頼みの綱であった姉のヤニナも出征してしまった。まだ二十歳のアグネシュカだったが、たったひとりで今後の身の振り方を決めなければならなかった。

やがてドイツ人たちは、屈辱的な敗北であったウェルコポルスカ蜂起の参加者を捕らえ、次々に拘引し始める。大きな危険が、アグネシュカを包囲しつつあった。

長年ムシニツキが雇っていた料理人の娘であり、幼馴染みでもあったフランツィスカ・ソハの家族を頼りに、アグネシュカは館から引っ越す決断をする。少しの服とレコード、蓄音機、そして愛犬を連れて、思い出の詰まった館をあとにした。

フランツィスカの家にいる間、アグネシュカはしばしば蓄音機で国歌を流したという。『ドンブロフスキのマズルカ』が始まると、おもむろに起立し、家人たちにも同じようにするよう促した。

ポーランドいまだ滅びず　我らが生きている限り
よそ者が奪っていったものを　我らは剣で取り戻すのだ

彼女は己を鼓舞するように歌ったという。彼女もまた、自分のなかに流れる将軍の血が、ふつふつと沸き上がるのを感じていたに違いない。いま、ポーランドは死の淵にあった。

一九三九年九月半ば、フランツィスカの家族に迷惑がかかることを恐れて、アグネシュカはルソーヴォを発ち、ひとり戦火のワルシャワへと向かった。

妹もまた、二度と戻らぬ旅に出たのだ。

死の淵に立った者

ルソーヴォを一通りみて回った私たちを、グライエク夫妻は少し早めのディナーに招待してくれた。乗馬クラブに併設されている洒落たレストランで、ポーランドの伝統的な料理を出してくれる。ルソーヴォで一番の店らしく、料理はどれも素晴らしい味だった。丸いパンのなかにスープやシチューが入ったジューレックは、容器がわりのパンのあまりの固さに閉口したが、細かくちぎってスープに浸しながら食べる方法をユゼフがみせてくれた。なんという健啖家だろう。

この日の夕食はポーランド料理に舌鼓を打ちつつも、皆でたっぷりと語り合う、忘れがたい夜となった。

戦争中、ヤニナの消息に関する第一報がルソーヴォにもたらされたのは、ウェルコポルスカ県から出征した男性によってだったという。

ヴワディスワフ・ニチというパイロットで、途中までヤニナと行動を共にしていた。彼は幸運にも殺害されることなく戻ってきて、ヤニナがソ連の捕虜になったという情報を故郷に伝えた。また、同じく生還者であり、ポズナンの元知事であったラファウ・アドルフ・ブニンスキは、ヤニナと共にコゼリスクに収容されていた。

一九四一年一月、国に戻った彼は、ムシニツキ将軍の姪でワルシャワに住んでいたゾフィア・オストロウェンツカに、ヤニナがコゼリスク収容所にいたことを伝えている。

その後、カティンの森で将校たちの遺体が発見され、女性の遺体の存在が書かれたインタビュー記事が雑誌に掲載される。

ルソーヴォの人々は、それがムシニツキ将軍の長女ヤニナ・レヴァンドフスカではないかと噂し合ったという。

カティンの森で犠牲になった唯一の女性捕虜については、戦後一度も公式発表されることはなかった。しかし、運よくソ連の虐殺の手から逃れることができたポーランド人捕虜の間では、ヤニナの存在は密かに語られていたという。

事件発生から三五年が経過した一九七五年に、カティンの森事件に関する本がロンドンで出版された。ポーランドでは当然発行されなかったが、地下出版によって出回っており、国民はそれを読んでいたという。

「本が出る前から、ルソーヴォでは情報が広まっていました。しかしそれは表立ったものではなく、信用できる人たちだけで共有されていた情報でした。本が出版されると、それをコピーして、ルソーヴォの住民で回覧し合いました。大人たちが読み終わると、若い人たちにも貸し出したのです。皆、ショックを受けていましたよ。仕事でポズナンに行くと、ポズナンの人々も皆、彼女の死を知っていました」

ユゼフは戦後、収容所から生還した人物からヤニナの噂を聞いていた。やがて妹アグネシュカの運命も知るところとなり、あのように若く、溌剌《はつらつ》とした姉妹が壮絶な最後を迎えた事実に、大きな衝撃を受けたのだという。

そして、カティンが禁句であったソ連統治時代から、夫婦でこっそりと、少しずつ関連の品を集め続けたそうだ。

姉妹の悲劇は、彼自身の経験とも重なっている。

ユゼフは戦争中、ドイツ人に馬車の従者として雇われていたという。戦争が終わる段階になると、ドイツ軍がウェルコポルスカからの脱走を始めた。ユゼフも雇われ人としてそれを手伝ったそうだ。やがて東からソ連軍が進軍してきて、ユゼフと友達二人はスパイの容疑で逮捕されてしまった。

　西から東に戻るのは、前線とは逆方向なので怪しいといわれ、あやうくソ連兵に射殺されそうになったのだという。

「あの時は真冬で、外はマイナス二〇度だというのに、私は全身汗びっしょりになってしまいました。まだ十八歳になったばかりなのに、ここで命が終わるのかと思うと、喩えようもないほど恐ろしかった。

　ああいう時は叫び声なんて出ませんよ。ただ震えるだけ。自分の身体が、自分のものじゃないみたいだった。あの時のことを思い出すと、いまでも勝手に身体が震えだすのです。

　カティンでヤニナが殺されたと聞いたときも、一瞬にしてその震えが蘇ってきました。目隠しをされたのだろうか、口におが屑を詰め込まれたのだろうか、抵抗はしたのだろうか……。それを考えるだけで、私はいつも震えてしまうのです」

　ユゼフは目にいっぱい涙を溜めながら話した。

　第二次世界大戦中、この一帯では四五〇〇人のポーランド人が殺害されたという。幸い、ルソーヴォ村では一人が射殺されただけで、大きな争いの現場にはならなかったようだ。ドイツ軍は湖の反対側を通ったので、村にそれほどの被害は出なかった。

　しかし、出征していった者の運命は残酷だった。ミハウ・クシジャニアック館長の曽祖父も、ソ連の捕虜となって収容所に送られた一人だったそうだ。

三箇所の収容所のうち、カティンの森で発見された遺体はコゼリスクの収容所にいた将校たちだった。その他の収容所にいた捕虜も、それぞれに別の場所に移送され、殺害されたと考えられている。

クシジャニアック館長の曽祖父がいたのはウクライナの収容所で、現在ロシアによって公開されている資料によれば、この収容所からも数千人に及ぶ捕虜が移送され、同じように射殺されている。

館長の曽祖父は、骨のひとかけらも戻ってくることはなかった。

事件で殺害されたポーランド人将校の総数は二万二〇〇〇人とも、二万五〇〇〇人ともいわれている。しかし、カティンの森で慌ただしく行われた第一次調査で発見された四四四三体以外は、いまもって一体も見つかっていないのだ。

「これは、収容所にいる曽祖父から送られてきた葉書です。細かい字で、びっしりと書いているでしょう。ソ連の検閲があったので、重要なことは書かれていませんが、日常のことや、家族を心配する言葉が綴られています」

その一葉の葉書は、ひとりの青年将校が生きた唯一の証しだ。「しっぽの骨折はどうなった？」という一文もあり、それはたぶん、犬やネコの具合を聞いているんじゃないかな、と館長は笑った。

将軍の娘たちの悲劇は、ポーランドにとって非常に象徴的な出来事だった。現在でも、どこに自分の家族の遺体があるのかわからない人が多いのだ。

「そういう事情もあって、ヤニナの頭蓋骨が戻ってきたときは、皆自分のことのように感激しましたよ。頭蓋骨をムシニツキ家の墓地に埋葬するとき、『あなたの娘がようやく戻ってきましたよ』

と私の妻が言って、振り返ると男性も女性も、みんな泣いていたんです」
ユゼフの目が、またも潤み始める。通訳に忙しいカタジナも、ハンカチで涙を拭った。

誰がための旅

一方で、アンナとバーバラの女性陣は明るいものだ。レストランの扉が風で開くと、「いまヤンカが、『私の話をしているのはだあれ？』って覗いたんじゃないかしら」とキャッキャとはしゃいで、実に楽しそうである。

ポーランドでは、「男は頭で、女は首」といわれているらしい。首がなければ、頭は動かすことすらできない。向く方向を決めるのは女だ、ということらしい。

ロシアは何世紀にもわたって、蜂起の参加者などを根こそぎシベリアに送ってきた。カタジナによれば、シベリア流刑などで男が少なくなり、女が男性の仕事もこなさなければならなくなったので、どんどん強くなっていったのだという。

博物館の応接間でインタビューをしている最中にも、現政権のロシアやドイツへの姿勢に関して、アンナとバーバラで激しい言い合いとなった。

私は内心ハラハラしていたのだが、「討論はポーランド人のアイデンティティのひとつですからね。仲良くしましょう」と館長がその場を収めてくれたのだった。

しかし、五分もするとまたけろりと笑い合っている。

「ポーランド人は三人集まると四つ政党ができる、といわれています」

ロシア・東欧文学者である沼野充義《みつよし》さんが本のなかでそう書いていたが、この向こう意気では、ソ連の共産主義が馴染まないわけだ。ロシア人のマゾヒスティックともいえる忍耐強さとは、明らかに違ってみえる。

四人分はあろうかと思われるチーズケーキを腹に押し込み、レストランを出ると、別れの挨拶の時間となった。アンナは自分の心臓に私の手を当てながら、「私たちのヤニナを、どうか日本まで連れて帰ってね」と言った。

一方のユゼフをみると、もう震えている。杖を持つ手がぶるぶると小刻みに振動し、やがて目を覆って泣き出した。

「遠い国から、私の作った博物館に来てくれる人がいるなんて……。前にオーストラリア人が来たことがあったけれど、まさか日本から……」

私はユゼフの手を握って、日本からワルシャワへの直行便が出ていること、時間でいってもオーストラリアから来るよりずっと近く、またすぐに来られることなどを話した。ユゼフは、そんな話はとても信じられない、といった風に首を振っている。

社会主義時代には海外旅行などできなかっただろうし、この村を出ることすら稀だった。彼のなかで日本という国は、遥か彼方の異郷の地なのだろう。

「最初は、小さな小さな博物館でした。将軍の家族の遺品を、ひとつずつ集めたのです。でも、こんな日が来るのなら、私の人生も決して無駄ではなかったといえるのでしょう」

子供のように泣くユゼフを、私とアンナで笑いながら両側から抱きしめた。あの頃は、コロナウイルスなんてかげも形もなかったのだ。

バーバラの車でルソーヴォを発つ私たちを、夫婦はいつまでも見送ってくれた。

帰り道の途中、飛ぶように流れる高速道路の灯を見ながら、ふいに涙が込み上げてきた。手も少し震えていて、きっとユゼフのが移ったんだ、と私は思った。

きょうは後部座席でよかった。昔から人前で感情をみせるのは苦手なのだ。

十歳のときのモスクワでも、私は撮影ディレクターによく怒られていた。ホストファミリーとの別れの場面なのに、泣かないでどうする？　テレビなんだからさ。

誰にも理解されない情熱だとしても、ここまできてよかった。ひねた自分の心がほろほろと解けて、限りなく透明になっていくような感覚だった。

誰のためでもない。私は私のためだけに、この旅を続けるのだ。

第五章 ✢ 収容所のクリスマス

ワイダ監督夫人と映画『カティンの森』

十時三十分ワルシャワ発のポーランド航空675便は、モスクワのシェレメーチエヴォ空港に向かっている。

十月末のワルシャワの黄葉は、聞きしにまさる風情があった。初夏の光溢れるポーランドもいいが、黄金色に染まった街にはショパンの調べがよく似合う。

二〇一九年は、ワルシャワ大学で日本語教育が始まってから一〇〇周年に当たる年だそうだ。それを記念した文学シンポジウムがワルシャワ大学で開催され、私がポーランドの取材を続けていることを知った方から、幸運にもご招待いただいたのである。

なんであろうと、一生懸命に取り組んでいれば、誰かがみてくれているものだ。

ワルシャワ大学の日本学科の人気は非常に高く、二〇〇六年の受験倍率は三〇・二五倍にもなったという。これはすべての大学の学科における最高倍率だったそうだ。

昨夜は最終日のバンケットが行われ、日本とポーランド両国の専門家が一堂に会する、華やかな集いとなった。日本学科出身者であるカタジナにも来てもらって、皆で大いに飲み明かしたのだった。

そして私はこれからひとりでロシアに飛び、カティンの森をこの目で見に行くのだ。

初夏の旅を終えてからというもの、私は慌ただしい生活を送っていた。この四か月間で、ポーランドを訪れるのはこれで三度目になる。

七月中旬にヤニナを追う旅から帰国した私は、その二週間後に、再びポーランドに出発することになった。二度目の旅は「日本・ポーランド国交一〇〇周年」のPRのために、ポーランド政府観光局が企画したプレス・ツアーだった。私はそれに応募し、新聞社の派遣記者として、再び八月のポーランドを訪れたのだ。

その旅では、ワルシャワから古都クラクフ、そしてスロヴァキアとの国境に近い山岳リゾート地ザコパネまで足を延ばした。

余談だが、ザコパネは古くから知られる保養地で、第一次世界大戦前にはレーニンが滞在していたことでも有名だ。密使としてスターリンも訪れている。

八月の旅で最大の幸運だったのは、故アンジェイ・ワイダ監督の夫人である、クリスティーナ・ワイダさんにお会いすることができたことだろう。

クラクフを流れるヴィスワ川の対岸には、アンジェイ・ワイダ監督と、その夫人が設立した美術館がある。『日本美術・技術博物館』、通称〝マンガ館〟だ。

大変な親日家として知られたワイダ監督は、一九八七年に『京都賞』を受賞した賞金を資本として、日本をテーマとした美術館をクラクフにつくったのだ。

監督は熱心な日本美術の愛好家だったが、夫婦そろって親日家になったのは、ワイダ夫人の祖父が「ポーランド人孤児救出」に深く関わった人物であることも関係しているという。

今回の夫人へのインタビューは、その救出作戦に関してのものだった。

時は、ロシア革命にまで遡る。革命の混乱のなか、シベリアに流刑になっていたポーランド人の多くが死亡し、親を亡くした大勢の孤児たちが極寒のシベリアに取り残された。ポーランド側は孤児たちの窮状を各国に訴えるが、それに応えたのは日本だけだったという。

日本赤十字が中心となり、一九二〇年から一九二二年にかけて、七六五人のシベリア孤児たちが船で日本の地を踏んだ。一年ほど日本の施設で生活するなかで、日本人の看護師が腸チフスに感染し、二十三歳で殉職する悲劇もあったという。

その後、孤児たちは船でポーランドまで送り届けられた。遠くなる日本を見て、甲板の上で泣きながら皆で日本の歌を合唱した記録がのこされている。

クリスティーナ・ワイダ夫人の祖父、ヴィトルト・ホジコ氏は当時、ポーランド人孤児の救出に尽力した人物のひとりであったという。一〇年ほど前、孤児に関する写真展が開かれたとき、そのなかに祖父の姿を見つけて涙したことを話してくれた。

日本人にはあまり知られていないエピソードだが、日本とポーランドの縁は深い。ワルシャワ大学の教授は、ポーランドの「ながい片思い」であると言っていたが――。

そして実は、クリスティーナ夫人は映画『カティンの森』に、非常に重要な役どころで出演している。夫の行方を探し続けるヒロインに、カティンの発掘調査で見つかった手帳を届ける女性の役だ。

主人公はその手帳に書かれた日記を読んで、夫がソ連兵によって殺害された事実を知る。それは戦後のポーランドにとって国家的な機密事項であり、情報を漏らした人物も逮捕・殺害される恐れのある行為だった。

クリスティーナ夫人は、アンジェイ・ワイダ監督とカティンの森についてこう語る。

「アンジェイの父親であるヤクプ・ワイダ大尉は、カティンの森事件で殺害された将校のひとりです。でも被害者名簿には、ヤクプではなく、『カロル・ワイダ』と書いてあったそうです。アンジェイの母親は、夫の生還を信じて、ずっと行方を探し続けました。それこそ、彼女の生涯最後の瞬間まで。アンジェイだって同じです。ひょっとしたら父はどこかで生きているのではないか……。その苦しみは、戦後も消えずに彼のなかにあり続けました」

ヤクプ・ワイダ大尉は、スタロベルスク収容所に抑留されていたそうだ。ハリコフ近郊のピャチハトキ周辺で殺害され、埋められたとされるが、現代までその場所は発掘されていない。カティン被害者名簿には「カロル・ワイダ」と記された名前があり、生年月日などが一致していた。これは誤表記なのか、それとも夫は生きているのか――。母アニェラ・ワイダは生存への希望を捨てられず、戦後も帰りを待ち続けた。

結局、事件発生から一〇年後に、夫の末路を知らぬまま四十九歳で亡くなっている。

「映画『カティンの森』の主人公は、殺された将校たちではない。男たちの帰還を待つ女たちである」と、ワイダ監督は生前に語っている。それは自身の母親の姿であり、同時に何万人もの妻、家族たちの姿でもあった。

クリスティーナ夫人は映画のなかで、命の危険を冒してまで主人公に手帳を届ける。

父親の筆致で記された日記、ほんのひとかけらの骨、たったひとつでいい、なにか見つかってくれさえしたら――。そんなワイダ監督の願いを、クリスティーナ夫人は映画のなかで叶えてみせた。そこに監督から夫人への、深い愛を感じるのは私だけだろうか。

ワイダ監督は、何度もカティンの森事件の映画化を試みたが、社会主義下のポーランドでは絶対に許可されなかった。結局、執念の作品が公開されたのは、ポーランド自由化後の二〇〇七年のことだ。ワイダ監督は八十一歳になっていた。

思いの強さもあってか、公開された『カティンの森』はひたすらに暗く、重い映画だ。

かつての前衛的な映像美は影を潜め、まるで事件の共犯者になったかのような、陰鬱な気持ちだけが鑑賞者にのこる。

『地下水道』『灰とダイヤモンド』『世代』の、いわゆる「抵抗三部作」を撮った頃のワイダ監督ならば、カティンの森事件をどのように描いたのだろうか。

それをみられなかったことが惜しまれるが、その陰鬱さこそが事件の本質でもあるのだ。

旅の道連れ

シェレメーチエヴォ空港に着くと、たちまちロシアに来たことを実感させられた。入国審査官、税関、グランドスタッフ、全員が見事なまでの無表情で、ポーランド人とはまるで違う。

外国の人間はこれを「氷の壁」と呼ぶが、ロシア人にいわせれば、親しくもない人間に笑顔を振りまくなど「不誠実」である、ということらしい。

ぶ厚い氷の壁を乗り越えて入国ゲートを出ると、ひとりの男性が待っていた。

彼の名前はコンスタンティン・コピヨヴァ。私が十歳のときにモスクワを訪れた際、通訳をしてくれた女性の息子である。

私たちがオーリャと呼んでいたその女性とは、二五年間も音信不通だった。しかし、私が二〇一六年にドキュメンタリー制作でロシアを再訪した際、偶然にも交流が復活したのだ。

私がレニングラード包囲戦に関する本を出版したときには、ソ連崩壊前のクーデター未遂事件について、彼女の体験談を寄稿してもらっていた。

時を越えてオーリャとまた出逢えたことは、思いがけない幸運だったといえる。

今回、カティンの森に行くことを思いついた私は、まずは行き方を調べた。地理的にはベラルーシとの国境にほど近く、モスクワからは三八〇キロの距離に位置する。現在はロシア領だが、実はベラルーシの首都ミンスクからの方が近い。しかし、ロシア出入国の手続きが面倒なので、モスクワ側から入った方がいいという結論に達した。

それからが大変だった。訪れた日本人は皆無に近いし、ロシアの専門家たちに聞いても、何の情報もない。スモレンスクまでならモスクワから電車が出ているが、そこからカティンの森まではさらに移動が必要で、電車で行くのは困難だった。

オーリャに相談すると、「土日なら、息子のコンスタンティンが車を出すと言っています」との返事があった。これに喜んだ私は、さらに捕虜たちが最後の時を過ごしたコゼリスク収容所の跡地を訪れることを思いつき、オーリャの愛息子は、この無謀な計画にも善意で応えてくれることになったのである。

私がコンスタンティンに会うのは、これが初めてだ。しかし、一目でオーリャの息子だとわかった。ロシア人らしい体軀だが、顔立ちや雰囲気、なによりも思慮深い目元が母親にそっくりだったからだ。

コンスタンティンは、私の一つ上の一九七九年生まれだ。モスクワの国立大学で工学を学び、現在はコンサルタント業をしているらしい。英語も堪能なので、私でもなんとかコミュニケーションがとれるのは有難かった。

収容所跡まではモスクワから車で三時間半、スモレンスクまでは六時間の道のりだ。

もし彼の愛車が、年季の入ったラーダやモスクヴィッチだったらどうしようかと心配していたのだが、空港の駐車場には頑強この上ないドイツ車が鎮座していたので、私は心底ホッとした（なにせソ連時代には、衝突性能のあまりの低さから「走る棺桶」と呼ばれたオカという車もあったくらいだ）。

空港を出た車は、順調に高速道路に乗った。そして走り出して五分で、私は最良の旅の道連れを得たと確信した。

運転は非常に紳士的で、なにより長距離移動に慣れた様子だ。運転中にこちらを向いて話すことだけが唯一の不安点だが、彼が信頼に値する人物だということは明らかだった。

今回のお礼をいうと、彼は生真面目な顔でこう答えた。

「カティンの森には、前から一度行ってみたかったんだ。仕事でベラルーシまで車で行くことがあるんだけど、いつもカティンの横を通る。それでずっと思ってたんだよ、あそこは一体どんな森なんだろうって」

探求心も母親譲りらしく、これを機会にいろいろとカティンの森事件について調べたそうだ。何冊かの本を読み、ヤニナ・レヴァンドフスカに関しても少しの情報を集めていて、私はその勤勉さに感動を覚えた。

オーリャは大変な美文家だが、コンスタンティンも文章を書くらしい。ただの運転手ではなく、彼なりにこの旅に意義を見出してくれているようだった。

あらゆる幸運に感謝しながら、車は一路コゼリスクに向かっている。

運命の分かれ道

一九三九年九月三日、ヤニナ・レヴァンドフスカはポズナン西駅を出発した。

覆いのない貨車での出征だったが、線路がドイツ軍の爆撃で破壊されていたため、辿り着けたのはネクラまでだった。

そこで幸いなことに、ポーランド東部へと退却途中だったワヴィツェの第三空軍基地の一団に巡り合う。この空軍基地の避難を指揮していたのは、顔見知りの飛行士ユゼフ・シドル大尉だった。その一団とヤニナたちは行動を共にすることになる。

九月八日にルブリンまで辿り着き、次に向かったのはコピチンツェだった。コピチンツェに到着した一団は、ここで九月十七日にソビエト連邦がポーランドに侵攻したという知らせをうける。

ソ連の参戦の表向きの理由は「ウクライナ西部とベラルーシの解放」だったが、これはかつてワルシャワで赤軍が敗北し、ポーランドに奪われた領土を取り戻さんとする行為だった。

そしてその日には、ポーランド南部へ徒歩で移動する命令が下る。シドル大尉は、隊の一部をルーマニア国境の方へ、もう一部をポーランド南部方面へ進めることに決めた。

結果として前者は助かり、ヤニナは後者のグループに加えられた。一つ目の運命の分かれ道である。一団は残り五日間を歩き続け、九月二十二日にフシャティン近郊でソ連軍の戦車部隊に包囲された。

ヤニナが捕虜となった経緯について、「彼女が飛行機で出撃した際に高射砲で撃墜され、パラシュート降下した先でソ連兵に捕らえられた」と書いている資料があるが、これは明確な誤りだ。実際には、彼女は軍人としては一度も操縦桿を握らなかった。

別の言い方をすれば、その生涯でただの一人も傷つけることはなかったのだ。

ソ連側との短い交渉ののち、ユゼフ・シドル大尉は武器の放棄と、降伏の命令を出した。この現場にいたテオドル・ワゴダの証言によれば、捕虜は即座に将校と兵に分けられ、ユゼフ・シドル大尉はもちろんのこと、ヤニナ・レヴァンドフスカも将校として選別され、ソ連兵の運転する接収されたポーランド軍医療車に乗せられた。

予備役として召集されたばかりのヤニナだったが、捕虜となったときには将校の軍服を着ていたようだ。連隊と行動をともにしている間に支給されたものと思われる。

シドル大尉は、それがこの先彼女を助けることになるだろうと考えたのかもしれないが、皮肉にもその軍服が、二つ目の分かれ道となった。

この時の様子を、飛行クラブでヤニナの友人だったヴワディスワフ・ニチも証言している。ヤニナの情報を最初にルソーヴォにもたらした人物だが、彼は民間人の恰好をしていたので一時収容所に収監され、このおぞましい戦争を生き延びることができた。

捕らえられた一万四〇〇〇人の将校らは、コゼリスク、スタロベルスク、オスタシュコフの三つの収容所に送られる。運命の歯車は回り出してしまった。

ヤニナが最初に送られたのは、カリーニン近くのオスタシュコフ捕虜収容所だった。

ヤニナ・レヴァンドフスカの空軍少尉としての身分は、収容所において任官されたものだったと考えられている。それは将校待遇で取り扱われることによって、監視兵の暴力や虐待を免れるための保障でもあった。

オスタシュコフの収容所でしばらく過ごしたあと、約四五〇〇人のポーランド人将校が収容されていたコゼリスク収容所へと、ヤニナは移送された。

コゼリスクは、スモレンスクから南東二五〇キロに位置する都市である。

独ソ戦が開戦すると、この街もまた激戦区となった。一九四一年十月八日にドイツ軍により占領されたが、十二月にはソ連に奪還されている。

この街の歴史で際立った存在は、オプティナ修道院だろう。十五世紀、コゼリスクの中心部から三キロ離れたジズドラ川対岸に、美しい修道院群が建てられたのだ。

十八世紀から十九世紀にかけては、この修道院はロシア正教の最も重要な神学的拠点であり、文化的な中心地でもあったそうだ。

しかし、ロシア革命によってすべてが変わった。宗教を否定したボリシェヴィキによって、多くの修道院は破壊の対象となる。オプティナ修道院も例外ではなく、破壊は免れたものの、開戦当時は閉鎖の憂き目にあっていた。

しかし、立派な教会や施設は残ったままだ。スターリンはこれに目を付けた。修道院を収容所へと作り替え、何千人ものポーランド人将校をここに収容しようと考えたのだった。

輸送列車で最初のポーランド人捕虜の一団がオプティナ修道院に到着したのは、一九三九年十月のことだった。

この収容所から生還したフィリプ・コヴァルチクは、ヤニナ・レヴァンドフスカは十二月六日、八〇人のポーランド人将校とともにコゼリスクに移送されてきたと証言する。

彼女は突然の死が訪れるまでの四か月半を、この修道院で過ごすことになった。

ドストエフスキーの修道院

真っすぐに続く道の彼方に、ロシア正教独特の丸屋根が見えてきた。

晴れ渡った空に溶け込むような淡水色の丸屋根に、金の飾りが映える。高速を降りてから閑散とした田舎道を走ってきたが、修道院が近付くにつれて、徐々に人通りが増え始めた。

広い駐車場に車を停めると、多くの露天商が待ち構えている。瓶に入ったはちみつ、ピロシキの売店、イコンや宗教用具を売る土産物屋、なんでもある。修道院の門に続く参道の途中には多くの物乞いが座り込んで、巡礼者に向かって手を差し出していた。

ロシア正教の聖地というと静謐な空気を想像していたが、どちらかというと京都の清水坂の雰囲気に近いかもしれない。

ヨーロッパの主要駅の駅舎と見紛うような門を潜ると、いっそう胸は高まった。

私がオプティナ修道院を訪れる計画であることを告げると、知り合いのロシア文学研究者はみな驚きの声を上げた。神学の中心地であったこの修道院には、かつて多くの文豪も訪れており、その代表格はトルストイと、ドストエフスキーである。

ドストエフスキーは実際にオプティナ修道院を訪問し、その経験を『カラマーゾフの兄弟』の執筆に活かした。三男アリョーシャが師と仰ぎ、やがてその死をもって彼に重大な啓示を与えるゾシマ長老は、当時オプティナ修道院で多くの人の尊敬を集めていたアンブロシイ長老をモデルに描かれたといわれる。

しかし、日本のロシア文学者たちでも、実際にオプティナ修道院を訪れた人は稀だ。この場所も実に辿り着きづらい立地にあって、車がなければほぼ不可能である。無事帰国の折には、ぜひ修道院の様子を聞かせてほしいと、文学者たちに水盃で送り出されたのだった。

カティンの森で死んだ女性パイロットを追いかけているうちに、ゾシマ長老の修道院に辿り着くとは、つくづく奇妙な旅だ。アリョーシャが神の不在を問うたこの場所に。

修道院内は、四角い壁で囲われた敷地内に、いくつもの教会、僧院、宿泊所やその他の施設、墓地などが点在しており、ひとつの村のような作りになっている。

ここが捕虜収容所であったこと以外、何の情報ももたないままやってきた私たちは、まずは道行く修道僧に声をかけてみることにした。しかし、奇妙なことは続くもので、その誰もが「なにも知らない」と答えるのだ。

　最も高齢と思われる修道僧にも聞いてみたが、「私はここに四〇年以上いるが、そんな話は一度も聞いたことがない」という始末である。

　その表情からは、誤魔化しやはぐらかしといったものが一切感じ取れなかった。

オプティナ修道院・正門

「なにかの間違いなんじゃないの？　本当にここ？」

　コンスタンティンの言葉に、私も不安になってくる。

　やがてある修道僧が、巡礼者の相談事を聞く役の高僧がいるから、彼に尋ねてみればなにか知っているかもしれませんよ、と教えてくれたのだった。

　正門近くで申し込みをし、やがて名前が呼ばれて小さな部屋に案内された。ドストエフスキーの小説そのままの情景にきょろきょろと部屋を見回していると、この上なく静かに高僧が入ってきた。

　私は矢継ぎ早に質問をした。収容所のことを知っているか、何らかの資料は残っているか、ゾシマ長老のモデルはアンブロシイ長老なのか、トルストイもここへ来たのか。質問をコンスタンティンが、ロシア語に訳してくれる。

　高僧はゆっくりと、すべての質問に答えてくれた。収容所のことは、他人からは一度も聞いたことがない。ただ、修道院が作成した歴史資料の本で、それについて書かれているものを読んだことがある。それ以上の情報は自分も知らないが、その本は敷地内の書店で購入することができるだろう。

ゾシマ長老のモデルについて、当修道院としてはアンブロシイを含めた数人の僧をミックスさせたという認識であり、従って「モデルではない」という見解である。なお、トルストイは来ていない（実際には、トルストイはこの場所を複数回訪れているが、晩年に正教を否定しているので、このような答えになったのかもしれない）。

私は丁寧にお礼を言って、相談料を払おうとすると、必要ないと高僧は言った。

私たちはそのまま修道院内の書店に直行し、店長を巻き込んで大捜索した結果、ようやく一冊の本に辿り着いたのだった。

しかし、その場でざっと目を通したコンスタンティンは、この本にはミスリードが散見される、と首を振るのである。確かにそこには冒頭から、不穏な空気が漂っていた。

一九三九年から一九四一年にかけて、オプティナ修道院に戦争捕虜となったポーランド人のための収容所が存在していたという歴史的事実は、ポーランド側の研究者を騒がせた。

一九八九年には、修道院を著名なポーランドの映画監督アンジェイ・ワイダが訪れたが、彼の映画『カティンの森』はロシア・ポーランド関係悪化の波紋を呼んだ。

一九九二年にはポーランドのカソリック教会の代表団が、ロシア正教の当修道院でカソリック式の典礼を行うことさえ企画し、修道院の壁にこの出来事についての記念碑を設置させようと試みた。

> **一九八九年からポーランド人たちは様々な代表団として修道院を訪れ、必ずしも礼儀正しくはない振る舞いで兄弟の静穏を破壊している。**

どっと冷や汗が出た。どうやら私も、招かれざる客だったようだ。

序文はさらに続く。ソビエト＝ポーランド戦争では、赤軍捕虜三万八〇〇〇人をポーランド人将校が「サディスティックに」虐殺したこと、一六一〇年にはポーランド兵がコゼリスクの街を完全に破壊し、修道院も甚大な被害を受けたことなどが声高に主張され、ようやく本文となった。

当時は、警備兵の観測台と有刺鉄線が何重にも修道院を全方位から取り囲んでいたが、監視のために犬が用いられることはなかった。

捕虜たちは、数段に建てられた板寝床がある住居に住んでいた。収容所の勤務者がポーランド人たちと交遊することは特別命令によって禁じられていたが、丁重に待遇するように命じられていた。捕虜たちに文化奉仕映画フィルムを送付し、コルホーズの合唱と孤児院のボランティア演芸を見せるなどといったことさえ予定されていたという。

当初、収容所における規律は、捕虜たちが小集団で持ち場を離れ、街へ映画や踊りに出かけることができたほどに寛容なものだった。親しい人たちとの文通は、彼らが収容所にいた全期間にわたって続けられ、将校たちの軍服が奪われることもなかった。暇な時間に捕虜たちはおもちゃや笛、動物や鳥をかたどった手工芸品を制作し、ロシア人の子供たちによくあげていた。

収容所の唯一の女性パイロットのことも、収容所の住人たちの記憶に残っている。

オプティナ修道院には合計して二〇〇〇〜六〇〇〇人がいたと見積もられている。捕虜のポーランド人たちには一日に三回食事が与えられ、大聖堂が食堂として使われていた。収容所では洗濯店、理髪店、浴場が営業していた。住居部は規律正しく、捕虜全員が寝床のシーツを購入していた。彼らは道路の清掃、雑役、薪の用意などをして働いていた。目撃者は皆口をそろえて、ポーランド人とロシア人の関係は平穏で、不平や憤りはなかったし、これが敵同士とは思えなかったと証言した。

「ポーランド人たちは私たちに対して信頼、好感をもって接し、その礼儀正しさや教養ある交遊によって好感を抱かせた。我々住民も彼らに同情し、とにかくなにか助けになろうとした」。

これだけを読むと、想像とは違って、ずいぶん楽な収容所生活にも思えてくる。

また本には、当時の修道院内の見取り図が添えられていた。それをみると、確かに薬局や理髪店、売店、サウナ、映画館などの表記がある。

そのなかにひとつの単語をみつけて、私たちは思わず歓声を上げた。道行く修道僧が顔をしかめてこちらを見るが、この一語を見付けるために、私はここまで来たのだった。

収容所のクリスマス

ポーランド人捕虜たちの日記や証言録には、ヤニナと思われる女性が度々登場する。それによれば、ヤニナは「ホテル・ブリストル」の、階段下にある物置部屋のような個室に住んでいた、と書かれていた。

この「ブリストル」について、何人かの専門家に意見を求めたが、わからずじまいだった。ここに来る途中で、コンスタンティンに「収容所に『ホテル・ブリストル』があったのか知りたい」というと、怪訝な顔をされたのだった。

しかし、その見取り図上には確かに、「ホテル・ブリストル」と書かれた建物が描かれていた。説明文によれば、捕虜たちによって「ホテル・ブリストル」と呼ばれていたこの建物には、大佐階級の将校が住んでいたらしい。見取り図によると、ブリストルは平屋造りの横長の建物であり、食堂として使われた大聖堂の真正面にある。

戦後にすべて取り壊されたので建物は現存していないが、他にも捕虜たちは、さまざまな建物や施設にユニークな呼び名を付けていたことがわかる。サル林、インド人の陵墓、不幸広場……。ここでは確かに、消えた将校たちが生活していたのだ。

では、ポーランド側からみた収容施設は、どのようなものだったのだろうか。

収容所を生きて出ることができたズジスワフ・ペシュコフスキ神父はこう書いている。

> 修道院の内部をソ連人は巨大なホールに作り替え、そこには数階建ての簡易寝台が入っていた。数百人単位の捕虜のグループがあり、いつも騒がしく、常時ラジオの音が聞こえていた。入りきれなかった捕虜は、修道院の修行部屋に詰め込まれていた。
>
> おいしいひと切れのパンを夢見て、自由の希求とそれがないことへの辛さ、身近な人への想い……それは劣悪な環境では、永遠についてまわる苦しみだった、と彼は語る。

しかし、ロシア側の主張もすべてがでたらめというわけでなく、捕虜の日記には、土曜の夜に合唱コンサートが行われたことなどが綴られている。家族や恋人との手紙のやりとりや、ある程度の自由行動も許されていた。収容所と聞くと、どうしてもアウシュビッツのようなものを想像してしまうが、少々趣は異なっていたようだ。

ただ、映画上映に関しては、捕虜たちの代表から「国民感情や祖国の名誉を傷つけるような映画やエピソードを上映しないように」との要望書がソ連側に出されていたことが後に判明しているので、ほとんどはプロパガンダ映画だったのだろう。

ある日、反宗教的シーンがスクリーンに映し出され、捕虜たちは一斉に退席したという。

また、収容所内ではソ連のラジオ番組と宣伝講話が絶えず鳴り響いていたが、たまにショパンのレコードも流され、彼らの郷愁を誘った。ソ連は捕虜たちを「再教育」し、ソ連と協力させようとしたのだが、造反者はすべての捕虜のなかでわずかに二四人だった。

ポーランド人捕虜をみたことがある地元の農民は、彼らの清潔さや身なりの良さ、教養ある態度を記憶にとどめているという。もちろん、彼らはポーランド人のなかでも知識層に属す、一部の上流階級の人間だったことも付け加えておく必要はあるだろう。

収容所にあっても身なりへの拘りはかなりのもので、特に彼らは、乗馬用のブーツをピカピカに磨き上げることに飽くなき情熱を傾けていた。

結果としてその情熱が、墓の発掘者たちに犯人を指し示す一助となったのだが。

そういわれてみれば、ドストエフスキーなどの小説でも、ポーランド人将校というのは「伊達男」として描かれることが多い。彼らに、ソ連人のような忍耐強い生き方はそぐわなかったのかもしれない。

ヤニナ・レヴァンドフスカは、ここでどう過ごしていたのだろうか。

三つの収容所にいた捕虜のうち、一〇〇〇人近くが生還しているが、そのうちの一人である軍医ヴァツワフ・ムホ大尉はヤニナについてこう証言している。

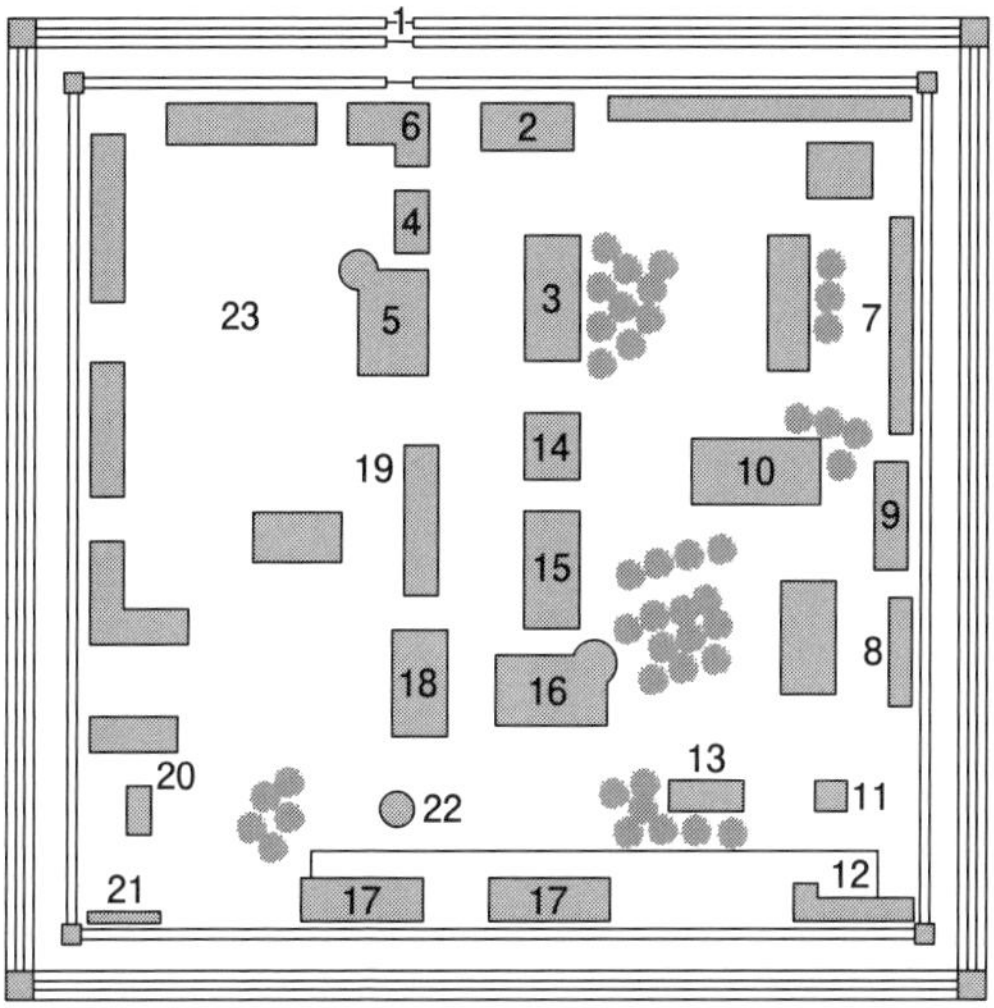

オプティナ修道院敷地内のポーランド人戦争捕虜収容所の図

1. 出入り口　**2.** 診療所　**3.** エジプトの聖マリア聖堂、囚人たちには「サーカス」と呼ばれていた　**4.** 食料庫　**5.** 囚人たちに「サル林」と呼ばれていた建物　**6.** 事務所　**7.** バラック　**8.**（未解明）　**9.** 消毒室　**10.** 薬局・理髪店　**11.** 収容所内売店　**12.** 倉庫　**13.** ポーランド軍衛戍司令部　**14.** 台所　**15.** 映画と集会のためのバラック（クラブ）　**16.** カザンの生神女イコン聖堂、囚人たちに「ホテル」と呼ばれていた　**17.** 収容所衛戍司令部　**18.**「インド人の陵墓」と呼ばれていた少佐階級の将校が住んでいた建物　**19.**「ホテル・ブリストル」と呼ばれていた大佐階級の将校が住んでいた建物　**20.** 医療用バラック　**21.** 大工作業所　**22.** 貯水塔　**23.**「不幸広場」と呼ばれていた広場

「彼女が将軍の親類だか、娘だかで、ポズナン出身だという噂がありました。ポーランド空軍の制服を着ていましたが、彼女の身体つきに合っていなかったことから、誰かから借りたものではないかと思われました。女性にしてはどちらかといえば背が高く、短い黒い髪の女性でした」

また、ポズナンの元知事であり、ヤニナの情報をポズナンにもたらしたラファウ・アドルフ・ブニンスキによれば、彼女は収容所内でこっそりと宗教活動を行う手伝いをしていたという。ヤン・ジュウコフスキ従軍司祭のミサに参加し、夜には隠れてホスチア（聖体拝領のパン）を焼いた、と証言しているのだ。

大半がカソリック信者であるポーランド人将校たちにとって、ミサに参加することは最も重要なことだった。収容所内での宗教活動は禁止されていたが、それでもヤニナは、ミサが行えるよう尽力していたのだろうか。

私は深夜にひとり、収容所のキッチンでホスチアを焼くヤニナの姿を想像した。

辺りは静まりかえっていて、彼女は音を立てないように黙々と作業をしている。もし見つかったら、きっと厳罰に処されるのだろう。それでも、彼女の手が止まることはない。父親の遺言を、彼女が忘れた日はないのだから。

ヤニナはふと、ルソーヴォのアグネシュカのことを考える。たったひとりの妹、どうか無事でいて欲しい……。かまどにホスチアを入れながら、自分と妹の未来を神に祈るだろう。

どこか遠くで、動物の鳴く声が聞こえる――。

ワイダ監督の『カティンの森』のなかで、収容所の捕虜たちがクリスマスにミサを行うシーンがある。その場面は不思議なほどの静寂に満ちていて、後の彼らの運命を思うといっそう切なさが込み上げる。我々にはとても理解できないほどに、ポーランド人にとってミサに参加するということは、なにものにも代えがたい幸福なのだろう。

またこの間、捕虜に対してＮＫＶＤによる厳しい取り調べと身元調査が行われたというが、ムシニツキ将軍の娘であることは最後まで明かさなかった。

ソ連がカティンの森事件の事実を認め、秘密文書を公開したのは、ゴルバチョフ政権のグラスノスチ（情報公開）が始まってからのことである。

その際に公開された関連書類には、収容者のファイルも含まれていた。そこには捕虜の家族についてのデータが記載されているが、ヤニナのファイルは、自分の生まれを一九一四年とし、ユゼフ・ドヴブル＝ムシニツキではなく、父の名はマリアンとしていた。

マリアンは、夫・ミエチスワフのミドルネームでもある。

オプティナ修道院において、当時ＮＫＶＤの取調官が住んでいた建物は、元は修道僧の住まいだった。神が消された国では、相応しい場所だったとも言える。

死刑執行人たちはいわば、ソ連という新世界への殉教者だ。ある種の信念なくして、どうして何万という人間を、たった数週間で手際よくこの世から消し去れるだろうか。

捕虜たちは、自分たちがジュネーブ条約に守られていると信じて疑わなかった。収容所にいたＮＫＶＤの取調官も、せいぜい強制労働所送りだろうと考えていたようだ。

しかし、一九四〇年三月五日に下されたスターリンの決断は、その殉教者たちですら予想できないものだった。

死への旅立ち

一九四〇年四月三日にコゼリスク、四月四日にオスタシュコフ、四月五日にスタロベルスク。それぞれ一日のタイムラグがあり、虐殺は始まった。

朝十時過ぎ、収容所所長のオフィスにモスクワから電話がくる。受話器を通して、その日に運び出される印のついた者（平均一〇〇人から三〇〇人）のリストが読み上げられる。

そのあとすぐ、「ストレルキ」と呼ばれた番兵たちが各棟を回り、リストにある氏名を叫ぶ。捕虜たちは、ついに故郷へ帰れる日が来たのだと歓喜にわいた。

というのも、数日前から収容所内では「捕虜はポーランドに送還される」という噂が流れていたからだ。これは、ＮＫＶＤが意図的に流した噂だったともいわれる。

収容所の精神的支柱であった将軍たちは、先陣をきって出発した。二列に並んだ将校の間を将軍が進み、残される捕虜たちは盛大な歓声でそれを見送ったという。

スタロベルスク収容所ではもっと賑やかで、軍の楽団が並んで演奏をした。ＮＫＶＤやストレルキたちも一緒になって、一団に喝采を浴びせた。

捕虜の一行は五〇人から三六〇人のグループになって、誰に強制されることなく、自らの足で収容所を出ていったのである。

あとに残された者は皆落ち込んだ。果たして自分は国に帰れるのだろうか、と。

軍医ヴァツワフ・ムホは、このときのヤニナの様子を証言している。

彼女は、医師ミハウ・クリコフスキを含む友軍の将兵らが移送されるとき、なんとかそのグループに入ろうと試みたのだという。彼女の必死な姿は、捕虜たちの記憶に焼き付いた。とにかく、彼らと一緒に祖国に帰りたいという一心だったのだろう。

しかし、やがて残された者の間でこんな話も語られるようになった。収容所の診察所には人の好い女医がいて、ポーランド人たちから信頼されていたが、落ち込む捕虜をこう言って慰めたというのだ。「この収容所から移されなかったなんて、運がいいのよ」。

それでも、まさか仲間たち全員が殺害されているとは思わなかっただろう。

ヤニナは残された。しかし第一陣の出発から一七日後、同じ運命が彼女を待っていた。

搬出名簿には、このように記されている。


以下の件、受け取り次第スモレンスクのウクライナ内務人民委員部部長にコゼリスク収容所に収監されている次の捕虜を引き渡されしこと。番号０４０１の53、ファイル番号１４６９、ヤニナ・レヴァンドフスカ、父マリアン、１９１４年生まれ。計捕虜１００名。

署名　戦争捕虜担当ソ連内務人民委員部副部長

ヤニナが収容所を出たのは、一九四〇年四月二十日だったとされている。

一九三九年から一九四〇年にかけての冬は異例の寒さで、マイナス二〇度の寒波がロシア全土を襲った。四月といえどまだ大地は凍り付いていたが、捕虜の日記によれば、四月二十日当日は暖かく、空は霞みがかっていたそうだ。

最寄りの駅までは、行進したときと、搬送車に乗せられたときがあったらしい。駅に着くと、五両もしくは六両編成の囚人車両が停車している。

電車に乗ると、捕虜たちはいくつものコンパートメントに分散して入れられる。パンとニシン三匹が車内食として全員に与えられた。これも、彼らにとってはご馳走だった。

電車はコゼリスクの駅を出発し、北西方面に向かって走り出した。

神に愛された者

オプティナ修道院大聖堂の屋根は、はやくも夕陽に染まり始めている。

「この修道院にカティンの捕虜がいたなんて、全く知らなかったよ。なぜもっと語らないのかな？こんなに興味深い歴史はないのにさ」

コンスタンティンは無邪気にそう言った。道行く司祭に注意され、髪を隠すスカーフの代わりにマフラーを頭に巻いた、まぬけな姿で私は答える。

「神の住処なのに、虐殺のイメージはまずいから、とか？」

修道院内にはたくさんの猫がいて、自由に歩き回っている。ベンチで昼寝をするトラ柄に近付くと、猫の下には誰かのダウンジャケットが敷いてあった。猫が気持ちよく寝られるよう置いていったのだろうか。やはり、ここは神の家なのだ。

私とコンスタンティンは、修道院内をぶらぶらと歩いて回った。アンブロシイの墓を見つけようとしたのである。

「『カラマーゾフの兄弟』は、高校の国語の授業で読んだよ。でも、僕には長すぎると思えたな」

コンスタンティンの口調は、もううんざり、といった感じだ。鷹揚なロシア人でもそう思うのだ、日本人が通読するにはよほどの根気がいるだろう。日本ではプーシキンやトルストイよりも、ドストエフスキーの方がポピュラーだという事実に、彼は驚いたようだった。

大聖堂に足を踏み入れる。老女がひとり、祭壇の左側にある棺に口づけているのが目に入った。

聞けば、棺に入っているのはアンブロシイの「聖なる不朽体」だという。老女は祈りを捧げながら聖堂の床に跪《ひざまず》き、いつまでもそこを動かなかった。

ふと、アリョーシャが大地に口づける場面が浮かんだ。そしていま私は、先ほどの高僧が、「アンブロシイ長老はゾシマ長老のモデルではない」と、ことのほかきっぱりと言いきった意味を想像したのだった。

作中で披露されるゾシマのエピソードは、同時代の他の修道僧の体験談に酷似している部分も多いらしいので、「ミックスさせた」という言葉も正しい。しかし、あの時の高僧の言葉には、それ以上のなにか、ある種の拒絶の響きが込められていた。

その死後、ゾシマ長老の遺体は腐って腐臭を発したが、アンブロシイ長老は不朽体となり、いまもこうして信者の苦しみを受け止め続けている。

アンブロシイは腐らなかった。神の御業が降りたのだろうか。

生前特別に信仰が深く、神に愛された人間は死後も腐敗しない。えもいわれぬ芳香を発することさえある――。そう教えられてきたのに、なぜゾシマは腐臭を発するのか。アリョーシャはそのことに大きな衝撃を受け、やがて修道院を去るのである。

その歴史上、オプティナ修道院が輩出してきた長老の数は多くない。そのなかでも、アンブロシイは特別な位置を占めているそうだ。

オプティナ修道院の聖アンブロシイは、一八一二年十二月六日にロシアのタンボフ郡に生まれた。前長老レオニードはオプティナに来たアンブロシイをみて、将来偉大な人間となることを予言したという。病弱ではあったが、常に分け隔てなく信者に接し、ロシアの全正教信者の精神的拠り所となった。

一八九一年十月二十三日、アンブロシイの魂は神のもとに召された。毎年の命日（……と正教ではいわないだろうが）には、何千人もの信者がここを訪れ、長老の不朽体の棺の前には数百メートルもの列ができるのだという。

祈りの場であるこの修道院にとって、かつてここが捕虜収容所であったことは、触れられたくない過去なのだろう。すべての痕跡は消し去られ、真実を知る者ももう少ない。

小説のなかでゾシマ長老は、わたしたちひとりひとりは、地上のすべての人、すべてのものに対してまぎれもなく罪がある、と説いた。

修道院をぐるりと囲う壁は厚く、高い。それは長年修道僧を守ってきたし、ときに秘密を覆い隠してもきたのだろう。ロシアが嫌いになったかい？　とコンスタンティンが聞くので、そういう旅ではない、と私は言った。

終着駅

翌朝八時三十分。私は朝靄のかかった駅のホームに立っている。

スモレンスクから十数キロ離れたこのグエズドヴァ駅は、不気味なほどに静まり返っていた。誰かに話を聞きたかったのだが、まるでひと気がない。宿の人の話では、数日に一本しか電車が来ないそうだ。

駅舎は美しいエメラルドグリーンの屋根をもつ。雪が降れば、純白にいっそう屋根の色が映えるのだろう。ガラス越しにのぞく待合室も立派だ。かつてこの土地が夏の保養地だった時代には、駅もけっこう賑わっていたのかもしれない。

野良犬が一匹、足元にやってきて、しきりにブーツの匂いを嗅いでいる。噛まないでね、私は囚人じゃないから、というと、旅の道連れは「そういうジョークは言うべきではない」とでもいいたげに眉をひそめるのだった。

収容所から出た捕虜たちの終着駅は、ワルシャワ中央駅ではなく、ここグエズドヴォ駅だった。発見された身元不明の遺体のポケットに入っていた日記には、このような記述がある。

四月九日
火曜日——今日の天気はまるで冬みたいだ　畑には雪が積もっている　進んでゆく方向を推察するのは不可能だ　待遇は乱暴で　なにも許可されない
午後二時三十分、まもなくスモレンスクに到着。どうやら列車から降ろされるらしい　周囲には大勢の軍人。昨日からパン一切れと少しの水しか口にしていない。

また、ヤン・バルディス少尉のカレンダー手帳にも、こう記されていた。

ちょうどグエズドヴォ駅に到着したところだ。
駅から森まで、ＮＫＶＤの奴らが立っているのがみえる。

そしてどちらの日記も、ここで途切れている。

一九四〇年四月、この静かな田舎の駅前広場は、武装した兵士であふれた。ＮＫＶＤの統率のもと、非常に多くの人間が移送と処刑に関わったことは明らかである。しかし、その実態はいまも不明なままだ。

殺害の実行犯だけでなく、トラックの運転手、穴を掘った人、捕虜にパンを配った人にいたるまで、執行者側の証言は、たった一人の例外をのぞき、誰からも取れていないのだ。その事実にこそ、私はこの事件の底知れない恐ろしさを感じる。

しかし、このような状況下でも悪運の強い人間はいるもので、グエズドヴォ駅まできて生還した将校がいる。スタニスワフ・シフィアニエヴィチは著名な比較経済学者で、開戦と同時に予備役として召集されていた。この駅での出来事について、こう証言している。

彼はグエズドヴォ駅まできたところで名前を呼ばれ、一人だけ空の囚人車両に移された。天井近くの小窓によじ登って外をのぞくと、駅前広場が見える。広場はすべて銃剣で武装したＮＫＶＤの兵士に取り囲まれており、窓をセメントで塗り固めたバスが停車していた。

バスの乗降口は後尾にあり、バックして車両につけると、捕虜たちは直接バスに乗り移っていった。三〇人くらいが乗り込むとバスは出発し、三〇分ほどすると戻ってきて、次の捕虜を運んでいったという。バスの行く方向には、一面の森が見えた――。

彼はその後、スモレンスクＮＫＶＤ本部の監獄に移送されて生き延びた。経済学の知識がソ連の役に立つと思われたのだろうか。それも不明なままである。

ただ、搬出者名簿に名前が載っていても生還した捕虜もいて、生かすか殺すか、その選別もある程度は各収容所の担当者の裁量に任されていたようだ。

カティンの森で発見された日記などを照合すると、コゼリスクを出た囚人列車は翌日にはグエズドヴォ駅に着き、捕虜たちはバスで運ばれていった。

ヤニナが収容所を出たのは四月二十日なので、翌二十一日にはカティンの森に辿り着いた可能性が高いが、ときには移送に二日かかったケースもあったという。

ルソーヴォのユゼフ・グライエクが会長をつとめるユゼフ・ドヴブル＝ムシニツキ将軍記念会では、ヤニナ・レヴァンドフスカの誕生日である四月二十二日を、彼女の命日と定めた。

この駅からカティンの森までは、僅かに三キロの距離だ。四〇〇〇人の捕虜たちはこの場所から最短の、そして最後の旅へと出発した。

カティンの森・ポーランド人捕虜集団墓地の入り口

虐殺の森

五分にも満たない時間で、車は森の入り口へ到着した。

カティンの森記念国立公園は、モスクワからベラルーシまでを真っすぐつらぬくベラルーシ街道のすぐ脇にある。駐車場は広々として、ログハウス風のレストランやスーベニアショップ、公園内の大きな見取り図も掲げられていた。図によれば、敷地は広大である。

その様子に、私は少なからずショックを受けた。

カティンの森は、旧ソ連にとっての「不都合な真実」を詰め合わせたような場所だ。せいぜい森のなかにひっそりと慰霊碑があるくらいだろうと考えていたのだが、森へ続く整備された遊歩道、スタイリッシュな造りの案内所、ガラスでできた門、それらすべてが堂々たるもので、後ろ暗さはまるで感じられない。

遊歩道のそこかしこにも様々なオブジェが置かれていて、なにもしらなければ最新のハイキングコースだと思うかもしれない。開門したばかりの朝九時だが、結構人も歩いている。コンスタンティンがいったように、モスクワとベラルーシ間の移動の合間に、休憩がてらちょっとのぞいてみようか、という遊山客も多いのかもしれない。

しかし、メイン・エントランスをくぐると、そこが確かに悲劇の現場であったことがわかった。捕虜たちの移送に使った囚人車両のレプリカが置いてあり、車体には懐かしきソ連のシンボル、鎌と槌のマークが刻印されていたのだ。

上方に小さな窓がついており、鉄格子がはめ込まれている。車体中央がスライド式に開く仕様になっていて、捕虜たちはここからバスに直接乗り込んだ。

ソ連とドイツの違いはあれど、アウシュビッツに置いてあった移送列車のレプリカに酷似している。ポーランドに限らず、囚人移送列車はヨーロッパ戦線のシンボルだ。捕虜、囚人、強制移住者、ユダヤ人、ロマ、障がい者、同性愛者――あらゆる国籍、人種の「はぐれもの」たちが滑車に押し込まれ、いずこかへ運ばれていった。

遊歩道は森の奥へ奥へと誘う。途中でいくつか枝分かれして、大きな慰霊碑の前へ出た。頭を深く抱え込んだ男性が、身体をよじっているブロンズ像の周りを、大きな石柱のモニュメントがとり囲んでいる。その足元にはたくさんのカーネーションが置かれ、彼らの魂を悼んでいた。苦悩の表情は、どこかロダンの像を想わせる。

辺りには針葉樹が生い茂り、その間をリスが走り回る姿は愛らしい。しかし時おり、コンコンコン……と、うすら寒くなるような音が森のなかに響き渡る。どうやらキツツキのようだ。

今日のスモレンスクの予報は雪で、寒風は肌を刺すが如し。森も奥に進むほどに鬱蒼としてきた。ひとりなら、もうここで帰っていたかもしれない。なんだか頭痛もしてきた。カティン博物館でみた遺体の映像が、頭からはなれない。

やがて、集団墓地の跡地にきた。墓穴の跡を鉄枠で囲い、それぞれの土盛りの上に大きな十字架が置かれている。ソ連による発掘調査で埋め戻されてから、この下にはまだ数千の遺体があるのだ。

そして、ヤニナ・レヴァンドフスカの頭部のない遺体も、ここに埋められている。

殺害の状況は、詳細にはわからない。ドイツ主導で行われた一九四三年の第一次調査、すべてはその検証結果から推測するほかない。

恐らく将校たちは、バスからひとりずつ引き出され、反抗する者は縄で後ろ手に縛られ、首と繋がれた。この縛り方は通称「ソ連縛り」で、動くほどに縄で首が絞まるようになっている。叫ぶ者は、口のなかにおが屑が詰め込まれた。

その後、ソ連兵が両側から捕虜の脇を抱えて墓穴へと連れて行き、三人目の兵が後頭部を撃つ。拳銃はドイツ製ヴァルターが使用された。反動が少なく、長時間使っても疲れにくいのが特徴だという。

弾丸は同じくドイツ製のＧＥＣＯ７・65口径だ。銃剣で刺された遺体もあったという。逃亡しようとして抵抗したか、あるいは虫の息でとどめを刺されたのかもしれない。

穴がいっぱいになると土がかけられ、その上にはトウヒの苗木が植えられた。

コゼリスク収容所には将軍四名と提督一名がいたが、一人をのぞく四人の遺体は、少し離れた場所で、個別の墓穴に埋められていた（生き延びた将軍は収容所での取り調べの際、日露戦争で降伏に反対したエピソードを語ったので、殺害リストから外されたのだという話もある）。

広大な墓をつらぬくレンガ造りの道の先には、記念碑と献花台も設けられていた。式典のときなどは、ロシア、ポーランド両国の大統領がここに花輪を献花するのだという。

また、犠牲者全員の名前が刻まれたプレートが、一枚の壁のように並べられたスペースもあった。ひとりひとりの名前、生年月日、出生地、職業が記されている。

私たちは、ヤニナのプレートを探して歩き回る。なにせ四〇〇〇枚以上あるので、アルファベット順とはいえ、かなり探さなければ見つからない。そのなかには、犠牲者の顔写真が貼り付けられたプレートが何枚もあった。遺族がここに来て、貼っていくのだろうか。

やがて、ヤニナのプレートまで辿り着いた。ヤニナ・アントニーナ・レヴァンドフスカ、一九〇八年ハリコフ生まれ、パイロット。一九四〇年没。

私は、彼女が「パイロット」と明記されていることに、少しの喜びを覚えた。そして文字の凹凸に触れて、彼女にこれまでの旅の報告をした。

あなたの高校を訪れて、バイト先も見学したし、飛行クラブにも行った。ルソーヴォの屋敷は、もうすぐ結婚式場になるんだって。ユゼフさんは今年で九十二歳になるけど、あなたのことをよく覚えている。空気が澄んで、湖がきれいな村だった――。

手を縛られ、バスから降ろされたとき、もうヤニナは自分の運命を悟っただろう。一定のリズムをもって森に響く銃声、悲鳴、呻き声――。

彼女はどんなときも自分を保っていた、と捕虜の日記には書いてあった。最後の瞬間までそうだったのか。それとも、取り乱して泣き叫んだだろうか。そうであって欲しい。

厳格な父に育てられ、妹のために若くして母親役も担った。彼女の逸話はつるりとして、少しの傷も見当たらない。勇敢で、完璧な女性。短い生涯のなかで、彼女はその役をずっと演じていたのではないだろうか。「欠点を見せたくない」人生とは、結構しんどいものなのだ。

死の間際、私は彼女がエモーショナルだったことを願う。いまはただ、そう願っている。

私がどっぷりと感傷に浸っている間に、コンスタンティンはいたく憤慨していた。ヤニナの周りのプレートを読むと、職業欄に「医者」「学生」「司祭」などと書かれていたからだ。

「なんてことだ、普通の人たちじゃないか！」

この一連の虐殺が、兵力の削減のみならず、ポーランドの知識層の抹殺計画であったことは、すでに述べた。

特にコゼリスク収容所とスタロベルスク収容所には、ポーランド人将校団に加え、大学教授、エンジニア、弁護士、医者、裁判官、司祭、ジャーナリストなど、ポーランドのエリートたちが集結しており、その半数は動員されたばかりの予備役将校だった。

一例をあげるなら、一四六人もの医師の遺体が、カティンの森から発見されている。

同じ頃、はるか遠く故郷のポーランドでは、最愛の妹アグネシュカがドイツの毒牙にかかろうとしていた。アグネシュカの運命もまた、ここに書き記しておく必要があるだろう。

アグネシュカの死

一九三九年九月、ワルシャワは戦火に包まれた。

九月半ばにワルシャワへ移ったアグネシュカが、この首都攻防戦をどう生き抜いたのかはわかっていない。九月二十七日、抵抗を続けていたワルシャワは陥落し、ナチス・ドイツの手におちた。占領下のワルシャワで彼女は、知り合いだったステンプチャク夫妻のもとに落ち着き、やがてある飛行士と親しくなった。経緯は定かではないが、年が替わる頃に、彼女はポーランド地下組織「ヴィルク（狼）」に入ったと考えられている。

その頃のアグネシュカについては、目撃者がいる。彼女がポズナンで学んでいるとき、下宿先だったアウ家の子供たちだ。

アウ一家もポズナンを出て、ワルシャワに引っ越してきていた。娘のクリスティーナは、ある日街でアグネシュカに遭遇した。アグネシュカは、彼女を見ると動揺した様子で、足早に立ち去りながらこう言ったという。

「あなたと私は、お互いに知り合いでないほうがいいわ」

また、クリスティーナの兄アンジェイもこのように証言する。とあるワルシャワのレストランで、彼は知人と会う約束をしていた。ふと見ると、高位のドイツ人将校のグループがいて、そのなかにアグネシュカの顔を見つけたのだという。

　アンジェイは恐ろしくなって、即刻店を出た。するとアグネシュカが追いかけてきて、門口に彼を押し込んでこう言った。

「私を悪く思わないで。あなたはいずれ、私についてもっとよく知ることになるでしょう。その時には覚えておいてほしいの、私たちは知り合いではないってことを」

　そうして踵を返し、足早にレストランに戻っていったという。その後、彼らが出会うことはなかった。

　家族をなくし、占領下のワルシャワでたったひとり、地下組織で活動を続けていたのだろうか。どれだけ孤独だったことだろう。それがわかる手紙がルソーヴォに遺されている。

> 愛しいパン・ツェザレク！
> 　あなたに心から感謝します。フェルーシ神父様にも。（中略）
> 　長く書くことができません。なぜなら、時間はあるのですが、手紙を書くことに適した環境ではないのです。
> 　私は、毎日をなんとか生きのびています。もし私が、自分が置かれた悲劇的な状況を過小評価できるような幸福な性分でなかったら、きっと絶望して首をくくっていたことでしょう。しかし、私は生きてきたなかで、もっと悪い状況に陥ったこともありますが、幸運にも持ちこたえました。きっとこれからも持ちこたえるでしょう。

今年は冬が厳しくて、私たちを苦しめています。しかも、お腹がごろごろ鳴っているのですが、私はとても愉快な気分です。
恐ろしいことに、私はここで、あなた方に会いたいのです。たとえ、それが自分勝手で利己的なことでも。（中略）
しばしば、本当にしばしば、皆さま方のことを考えています。そして、私を信じてください。私たちの望みは、間もなく実現するでしょう。そして私たちは、再び「山に」いるでしょう。フェルーシ神父様が例の約束をお忘れにならず、迷える仔羊のためにお祈りくださいますよう。あなた方からのお便りが届くことを願っています。愛するバトロヴォでなにが起きているのかのお知らせを。

　心からの挨拶を送ります。

グーシャ
（一九四〇年二月十三日　ワルシャワ）

　危険を冒しながらも、この手紙を書いたことがうかがえる。しかし、人々を巻き込むことを恐れてか、手紙の返信先も友人の家を指定している。

　現に、ゲシュタポはポーランド国内のすべての反体制活動グループを洗っており、この手紙から約二か月後の四月二十五日、「ヴィルク」のメンバー全員が逮捕された（この三日前に、姉のヤニナはカティンで殺害されている）。彼らは全員、ワルシャワで最も苛酷といわれるパヴィアク監獄に収監された。

パヴィアク監獄では拷問も日常的に行われており、ワルシャワ市民の恐怖の代名詞となっていた。食べ物や衛生状態も酷いもので、「人間の尊厳を無視する」ものだったという。

しかしそのなかでも、地下組織は密かに活動していた。ポーランド人看守のなかにレジスタンスが紛れ込んでおり、囚人たちはこの人物を通して、手紙のやりとりや情報交換、必要品の調達などを行っていた。

私がパヴィアク監獄とパルミリの森を訪れたのは、二〇二一年十月のことだった。

パヴィアク監獄は現在、監獄博物館として一般公開されている。展示品のなかに、手作りの古びた日本人形があることに驚いたが、ワルシャワっ子にはよく知られた存在であるという。

アグネシュカと同時期、地下出版に関わった罪で投獄されていた美容師カミラ・ジュコフスカは、戦前に劇場でみたオペラ『蝶々夫人』をモデルに、監獄のなかで密かに日本人形を作った。針や糸、布を自分の服に縫い付け、彼女に差し入れたのは、ヂーヂャと呼ばれるポーランド人看守で、地下活動家だったという。

このエピソードは、『ワルシャワをみつめた日本人形~タイカ・キワの45年』（テレビ西日本制作）というドキュメンタリー番組になり、数々の賞を受賞している。

連日の激しい拷問のなかで、アグネシュカがムシニツキ将軍の娘であることを知られたかはわからない。しかし、彼女は未婚だったので、名前だけで一目瞭然だったことだろう。投獄されて二か月後の六月二十一日、アグネシュカは監獄から出された。

六月二十日から二十一日にかけては、非常に多くの人が殺害された日だった。殺害された人物と数については詳細な記録が残されており、二日間の処刑者は三六二人（うち女性八三人）で、国会議長や、金メダリストであるクソチンスキの名前と一緒に、アグネシュカ・ドゥブル＝ムシニツカの名前もある。

「ヴィルク」のメンバーは、私物を持つようにいわれ、道中で食べるためのパンを与えられた（これもやはり、どこかに搬送すると思わせるための偽装工作だろう）。トラックに乗せられ、ワルシャワから二〇キロほどに位置するパルミリ村まで運ばれる。

私が訪れたパルミリは、美しい森のなかにあった。一帯は国立公園で、ハイキングやサイクリングが人気のレジャースポットだが、コースの途中に突然、広大な墓地が現れる。

墓地の傍らには立派な記念博物館があり、学芸員のグルードニク・バルトミーさんにお話をうかがうことができた。

犯行の当日、到着先には、前もって掘られた穴が彼らを待っていたという。憲兵隊が地域の広範囲をパトロールしていて、誰も森に近付くことはできなかった。

囚人をトラックから降ろすと、目に黒い布を巻いて一・五キロほど歩かせた。死を意識させるため、わざと長い時間を歩かせるのだという。これもひとつの拷問だったといえるだろう。

処刑方法は、機関銃での一斉掃射だったようだ。一発ずつのソ連と違って、激しい殺戮である。撃ち殺された死体は、穴に落とされてから埋められ、厳重にカムフラージュされた。

……と、ここまではソ連とほとんど一緒なのだが、ドイツ人はひとつミスを犯した。それが実にドイツ人らしいのだが、禁止されていたにもかかわらず、彼らは撮影熱に浮かされて、カメラで多数の写真を撮ったのだ。

処刑のために連行される女性たちに目隠しをする写真。刑場に連れて行かれる人々、パルミリからの帰り道の、空っぽになったトラックの荷台――。「ドイツ人は、記録するために記録するのです」というアウシュビッツでの言葉が蘇るが、間もなく、写真はドイツ兵の間で配布されていた刊行物に掲載された。

この、なんでも記録せずにはいられない几帳面さが仇となった。それらの写真はポーランド国内軍の手にわたり、地下新聞紙上で公表された。

パルミリでドイツ軍は計二十一回にわたって大量処刑を実行し、最終的に二一一五人のポーランド知識階級と地下活動家、ユダヤ人が殺害された。

殺害された人物の一覧表は、地下活動家が囚人帽のなかに入れて監獄外に持ち出し、戦後のニュルンベルク裁判で証拠品として提出された。

ポーランド赤十字がパルミリから遺体を発見したのは、戦後すぐだったという。パルミリの原生林にのこる機銃掃射の跡が目印となった。

多くの遺体が掘り起こされ、洋服などから身元が判明した遺体もあったという。しかし、アグネシュカは遺族がいなかったので、どの遺体が彼女であるかの判別はできなかった。

遺体はすべて埋め戻され、この土地の深くにいまも残されたままだそうだ。

学芸員のグルードニクさんは、広大な墓地のなかにあるアグネシュカの墓標の前まで案内してくれた。墓前にはアグネシュカの写真と、ルソーヴォからの花が供えられている。

私がパルミリを訪れた前日に、ちょうど地元の学生が墓地を清掃し、すべての墓標にろうそくを供えていったそうだ。

「日が落ちると、ゆらゆらと無数の光が揺れて、それは幻想的な光景なのですよ」

グルードニクさんは微笑みながらそう言った。彼もまた、祖父をアウシュビッツで亡くしているのだという。そんなエピソードにも、私はもう驚かなくなった。

パルミリ墓地の記念碑には、監獄の壁に囚人によって刻まれていたという、こんな言葉が記されている。


ポーランドについて語ることはやさしい。ポーランドのために仕事をすることは難しい。

ポーランドのために死ぬことはさらに難しい。

しかし、最も難しいのは、ポーランドのために耐えることである――


ふたりの姉妹は、こうしてともに冷たい土の下に眠ることになった。

ロシアの夕陽

二〇一九年十月二十七日、午後五時三十分。

カティンの森を出発した私とコンスタンティンは、高速道路をモスクワに向かって走っている。

もうどれだけ、真っすぐな道を走ってきたことか。スモレンスクからモスクワまでは約六時間の道のりだ。夕方のモスクワ市内では、毎晩絶望的な渋滞が発生する。それを加味すれば八時間はかかるだろう。

この高速道路の正式名称はロシア連邦道路M1、一九八〇年のモスクワ・オリンピックの際に建設されたものである。ベラルーシとの国境までの四四〇キロを繋ぎ、そこからミンスクまでの高速と接続する。

この果てしない道のりを、ドイツ兵は戦車や徒歩、荷馬車で移動したのかと考えると目眩がしてくる。独ソ戦当時は、多くが未舗装の道路であり、ドイツの電撃戦の遂行を妨げた。本来ならこの時期には、道という道が泥濘と化していたはずだ。

昨日、オプティナ修道院からスモレンスクまで移動した際に通った道は、普通の田舎道で、ところどころが未舗装だった。高速道路を走っているときはわからなかったが、この一帯ではいまだに戦争の爪痕が残る場所も多い。

屋根が破壊され、いまにも崩れ落ちそうな教会をふたつみた。ひとつはかなり立派な寺院で、大事な祈りの場だったことがうかがえる。独ソ戦のときに破壊されたのか、もっと以前、ロシア内戦時なのかはわからないが、痛々しいまま放置されて廃墟のような有様だった。

真ん中にT－34戦車が置かれているロータリーにも驚いた。ポーランド東部からモスクワにかけての「流血地帯」は、数々の戦車戦の舞台でもある。

ドイツのタイガーに、ソ連のT－34。史上最大の戦車戦は、現代においてもミリタリーマニアの語り草となっている。ロシアでは最近、『T－34』という映画がメガヒットしたばかりで、国内では独ソ戦への勝利の価値が改めて見直されているのだという。

それにしても、独ソ戦の悲惨さは筆舌に尽くしがたい。レニングラード包囲戦では、たったひと冬で一〇〇万人以上の市民が餓死・凍死したといわれている。

この国では、根本的に命の価値が異なっているのだ。

朝は曇天だったが、夕闇が迫るにつれて雲が徐々に色づいてきた。遠く地平線に日が落ちてゆく。ワルシャワやブダペストでみた夕陽とも、タリンでみた夕陽とも違う。それはまぎれもなく、ロシアの夕陽だった。

やがて日が沈むと、空一面が真っ赤に染まった。なんという赤さ。暴力的なほどの赤で大地がすっぽりと覆われて、その光景に私は思わず震える。

もってきた一眼レフで必死に夕焼けを撮っていると、コンスタンティンが休憩所に車を停めてくれた。

昼にピロシキをひとつ食べただけだったので、売店でブリヌイを購入することにする。

「宇宙飛行士の社会人公募に登録しているんだ」

唐突に彼が言った。おそらく何百人も応募したと思うが、自分はいつでも行く用意がある、と。

冷戦は終わったが、ロシアでは最近、宇宙飛行士の一般公募を始めたのだという。

まだ三十九歳なのか、もう三十九歳なのかは難しいところだが、しかし彼は確かに「ソ連の子」なのだ。昨夜の遅い夕食の際にも、数週間前に亡くなったアレクセイ・レオーノフの偉業について熱心に語っていた。

アレクセイ・レオーノフは、世界で初めて宇宙遊泳をした人物だ。ソ連ではガガーリンに並ぶ国民的な英雄で、私が十歳で『星の街』を訪れたとき、施設内を案内してくれたのは彼だった。

当時の私にはわからなかったが、ソ連人にとってレオーノフとの面会はものすごい栄誉で、通訳として同行していたコンスタンティンの母オーリャも、非常に感激していたらしい。

コルホーズに泊まったことを話すと、日本のテレビってのは、なんてクレイジーなことをするんだ、と呆れた様子で彼は言った。「コルホーズなんて、僕だって行ったことないよ」。

こうしてソ連の思い出を語っていると、コンスタンティンとは十歳のときからの知り合いのような気がしてくるから不思議だ。そして、彼はこんな昔話もしてくれた。

「あの頃の子供は、みんな最初は『オクチャブリャータ』に入って、次にピオネール、次にコムソモールに上がっていくんだ。青年団みたいなものだね。四年生でピオネールに迎えられたときのことは忘れられないよ。授業は休講になって、僕たちはレーニン廟に連れて行かれた。廟のなかには、ガラスに覆われて、防腐処置を施されたレーニンが横たわっていた。

人間の死体を目にしたのは初めてだったんだけど、肌をつたって冷たい空気が降りていくような感じがして、少し怖かった。

レーニン廟のあとは、学校内の、革命についての展示がしてあるお馴染みの『赤い部屋』に行った。ピオネールの誓いを読み終わったあと、全員ひとつずつピオネール団員章と赤いネッカチーフをもらったんだ。

家への帰り道、誇らしい気持ちでいっぱいになって、ネッカチーフを秋物のジャンパーからなんとかはみ出させようとしてさ、『ピオネール様のお通りだ！』って具合に。

でもすぐにクーデター事件が起きて、エリツィンが政権につくとピオネールを廃止した。突然に新しい時代が始まって、あれほど誇らしかったネッカチーフが、一瞬にして場違いになってしまったんだよ。あとはお馴染みのストーリー。キノコのように贅沢品が湧いて出てきて、ソ連とは別世界になった」

自分の一代記さ、と彼は笑って言っていた。あの時代、ソ連の子供たちはみんなピオネールに入って、将来は宇宙飛行士になることを夢見たのだ。

もし、である。ソ連が崩壊せずに続いていたら、気真面目な少年はピオネールで活躍しただろう。やがてコムソモールに入って、兵役にも就く。そのとき祖国が攻撃されたら、彼は大いに憤慨するだろう。召集がきて、戦いに赴く。

そしてある日、上官に呼び出されてこう言われるのだ。「スモレンスク近郊の森で重要な任務があるので、全員で向かうように」。

自分探しの旅、などと簡単にいうが、果たして、自分というものは存在するのだろうか。私が殺人犯にならずに生きてこられたのも、たまたまなのに。

「じゃあ、次に会うときは宇宙飛行士だね」と言うと、これは現実的で真面目なプランなんだ、と少し不満そうに彼は言った。私たちは、なんにだってなれるのだ。

眠れる森

一九六一年に建てられたクレムリン大会宮殿は、ソ連時代は共産党大会や中央委員会総会に用いられていた建築物である。

演壇に書記長をはじめ、党幹部がずらりと並ぶ様は壮観で、ニュース映像などでもよく使われていた。しかし現在では月に二、三度、夜間にオペラやバレエが行われるだけだそうだ。

一般人が夜のクレムリンに入れるタイミングは、公演の上演日のみだ。調べてみると、ちょうどモスクワで過ごす四日間の最終日に『白鳥の湖』が上演されることがわかった。

これを見ずして、どうしてロシアを出られようか。

午後六時、トロイツカヤ塔の前には続々と人が集まってきた。そのほとんどが地元民のようだ。昨夜はボリショイ劇場で『ドン・キホーテ』を観たが、半分以上は外国人客だった。日本人も何人かいたが、今日はアジア人の姿すらほとんど見えない。チケットはボリショイの四分の一以下、三八〇〇円ほどの値段だ。

開門時間になると、人の群れが動き始めた。暖色のライトに照らされたトロイツカヤ塔を見上げると、昼間とはまた違う荘厳な雰囲気をたたえている。夕方にサッと通った雨で石畳が濡れて、街灯が何本もの光の道を映していた。

遠くにボロヴィツカヤ門が見え、その尖塔には赤い星が光る。ひときわ高いのはイワン大帝の鐘楼。金のタマネギ頭は、ウスペンスキー大聖堂だろうか。夜のクレムリンはまるで別世界だ。この特別な光景を見られただけでも、十二分にチケットの価値はあった。

大会宮殿は周りの建物と違って、ガラスと直線でできている。いかにもソ連時代に造った建築物という感じで、壮麗なクレムリン内で違和感は否めない。座席数は六〇〇〇というのだが、さすがに半数も入らないだろう。

そんな私の予想を裏切り、客席はあっという間に埋まった。ボリショイ劇場が最大二一五〇人なので、その大きさがわかるだろう。コートを預けるクロークはどこまでも続き、先が見えないほどだ。

やがて演目が始まる。チケットの安さに、あまり期待はしていなかったのだが、主役のプリマはボリショイにも引けをとらなかった。細く、儚く、しなやか。白鳥の条件をすべて備えていて、ロシア・バレエの層の厚さを改めて思い知らされるのだった。

このように美しい芸術を生み出す国民が、同時に悪魔の所業を犯すというのは、一体どういうことなのだろう。

ポーランドだけではない。ソ連に侵攻されたベルリンの女性たちや、満州や北方領土の日本人女性が味わった苦難は、涙なくして語れないものだというのに。

しかし、六〇〇〇人のロシア人らと観るバレエには、一種独特の感動があった。大きなひとつの塊になって、溶け込んでいくような感じだ。

それを最も強く感じたのは、終演後に帰宅の途についたときだった。

バレエが終わるのは夜十時を過ぎるので、私は少し心配していた。閑散とした夜のクレムリンの壁の前を、ひとり歩いて戻るのだろうか、と。

しかし、なにも心配はいらなかった。終演後、六〇〇〇人はいっせいに席を立ち、駅に向かって歩き出したからだ。行きと同じトロイツカヤ塔をくぐり、滑り台のような渡り橋を降りていく。突き当たりには、オレンジ色に染まったクタフィヤ門。右に折れる。

不思議なことに、皆そろって無言である。ほとんどの人が俯きがちに歩を進めていくのだ。振り返れば、途切れることない人の流れが目に入った。その姿は牧羊のようでもあり、終わることのない葬送のようにもみえる。

その瞬間、私は得もいわれぬ感覚に全身を包まれた。私という個が溶けて、ひとつの大きな流れの一部になったような気がしたのだ。

その流れはうねりとなって、ひとつの方向に進んでいく。永久に止まることのない営み。そのなかで生まれてくるものもあれば、死んでいくものもある。まやかしのユートピア。

このロシアの大地には、人々の血が浸み込んでいる。その数はあまりに多く、命の価値はあまりに軽かった。ヤニナ・レヴァンドフスカの死も、その血のほんの一滴でしかない。

しかし、それは決して「個」の敗北ではないと、私は信じる。

ひとりひとりに人生があり、自分だけの物語がある。そして、それらすべてに語るべき価値があると私は信じる。私の小さなコップでさえ、まだいっぱいになっていない。

人波に押されながら、また包まれながら、私は歩いた。ふとカティンの森の夜を想う。キツツキもリスも、いまごろ深い眠りについているだろう。鳥も夢を見ている。

終章 ✢ カティンの鳥たち

アンデルス将軍のポーランド軍団

ヴワディスワフ・アンデルスの名を、覚えているだろうか。

ムシニツキの第一ポーランド軍団に参加し、祖国への帰国後は第十五ポズナン軽騎兵連隊を率いてボリシェヴィキと闘った、あのアンデルス将軍である。

多くのポーランド人捕虜たちと同じく、アンデルスも開戦直後にソ連の捕虜となり、悪名高きモスクワのルビアンカ監獄に入れられていた。

一九四一年八月四日、彼は突然釈放される。この二年間というもの、暗い監獄で尋問や虐待を受け続け、外のことはほとんどわからなかったアンデルスだったが、この日初めて祖国の現状を知らされたのだった。

ドイツとソ連両国に挟み撃ちにされたポーランドは、再び分割統治されていた。ポーランド政府は他国の救援を期待したが、イギリス、フランス共に宣戦布告だけして、静観を決め込んだのだった。「まやかし戦争」と人は呼ぶ。

ワルシャワは陥落し、大統領以下要人はフランスに逃れる。パリで臨時亡命政府を発足させたが、フランスがナチスに占領されると、さらにイギリスへと渡った。

ソ連のポーランド侵攻後、臨時政府はソ連との国交を断絶していたが、独ソ戦が始まると外交を再開。捕虜となったポーランド兵を即時釈放したうえで、ソ連領内にいるポーランド人で軍隊を編成するプランが持ち上がった。

そのポーランド軍団のトップとするために、アンデルス将軍は釈放されたのだった。それはまさに第一次世界大戦時、ムシニツキ将軍が第一ポーランド軍団を結成したときと似た状況だった。

アンデルス将軍は、早速仕事に取りかかる。軍の編成に必要とされる将校の数について、問題はないはずだった。

彼がルビアンカに収監されているとき、スタロベルスクの収容所にいた大尉と同室になったことがあった。その大尉から、三箇所の収容所に一万人以上のポーランド人将校がいたこと、彼らが一年前の春ごろにどこかに移送されていったことを聞かされていたからだ。

しかし、アンデルス将軍の呼びかけに応じて集まってくる将校は、彼の計算よりも圧倒的に少なかった。これでは軍隊の編成ができない。再三にわたりソ連政府に問い合わせをするも、「捕虜はすでに全員釈放された」というばかりで、納得のいく答えは返ってこない。

業を煮やしたアンデルスは、スターリンとの面会の際に直接問いただした。すると、スターリンはこう答えたという。

「大赦はポーランド人全員に適用されたので、全員釈放済みだ。まだここに到着していないだけか、そうでなければきっと彼らは逃亡したのだろう」

では、捕虜たちはどこに逃亡したというのか、と畳みかけると、「そうだな、満州だろう」と平然と答えたのだという。

アンデルスは、ソ連の一連の対応に不信感を抱いた。刑務所や炭鉱、コルホーズ、シベリアの強制収容所から生還したポーランド人に将校たちの行方を尋ね続けたが、彼らを見た者はいなかったのだ。

そうこうするうちに、アンデルスのもとには生き残りのポーランド兵四万一〇〇〇人が集まり、これに七万四〇〇〇人の民間人が加わった。伝統的なポーランド軍団の復活である。

しかし、捕虜の行方はいまだにわからない。その他に、軍団に配給されるはずの食糧の問題などでもソ連政府と折り合いがつかなかった。

アンデルス率いるポーランド軍団は、中東に向けてソ連を脱出することを決断する。

アンデルスのポーランド軍団の中東脱出は、一九四二年三月末に開始され、八月まで続いた。兵士と民間人合わせて一一万五〇〇〇人が、船でテヘランの地を踏んだのだ。

遠くイランの地で、アンデルスは消えた将校たちに関する調査局を発足させる。ソ連の監獄と収容所に抑留されていたポーランド人全員からの供述書を集め、証言録や証拠書類をつぎつぎに作成していった。

この時に集めた証言が、現代における「カティンの森事件」研究の基礎となっている。私たちが収容所でのヤニナ・レヴァンドフスカの生活を垣間みることができるのは、彼女の父の元部下の奮闘によるところが大きいのだ。

アンジェイ・ワイダ監督も、一九五七年のカンヌ映画祭で『地下水道』を上映するためフランスを訪れた際、アンデルス将軍の序文付きの資料集を読んで、初めて事件の真相を知ったのだという。

一九四三年、スモレンスク近郊の森から、多数のポーランド人の遺体が発見される。ポーランド亡命政府はソ連に対して声明を発表し、国際赤十字には専門家の調査派遣を求めた。

これに対するソ連の反応は素早く、そして驚くべきものだった。国際赤十字への依頼をソ連に対する敵対行為とみなし、再び国交を断絶すると通達してきたのだ。

その二か月後、ポーランド亡命政府の首相をつとめていたシコルスキ将軍が、飛行機事故によって急死する。シコルスキは、反ソ化していく亡命政府と、ソ連との橋渡し役のような人物だった。この事故死には、いまもって謎が多いという。

ソ連とポーランドの亀裂は決定的なものとなり、戦後にまで影響を及ぼすことになる。

アンデルスのポーランド軍団はその後、イギリス軍に合流したうえで、イタリア戦線へと赴いた。第二次世界大戦における最大の激戦地のひとつであるモンテ・カッシーノの戦いでは、アンデルス率いる第十二ポーランド槍騎兵連隊が奮闘。難攻不落といわれたモンテ・カッシーノの山頂に建つ修道院の屋根に、一番乗りの連隊旗を立てた。

終戦後、アンデルス将軍は共産政権によりポーランドの市民権を剝奪され、イギリスに移住した。

カティンの発見

カティンの発見の第一報は、なんの因果か、ヤニナの故郷であるウェルコポルスカ地方の労働者によってもたらされた。

一九四一年に独ソ戦が始まってから、ウェルコポルスカ地方よりポーランド人四五人がドイツ人に徴用され、建設用列車での強制労働に駆り出されていた。

列車は八両編成で、そのうちの一両が居住用になっていたという。この一団の主な任務は、東部戦線の後方で破壊された線路を修復することであった（また、ソ連とヨーロッパのレールの幅の規格が異なっていたので、ヨーロッパ基準への改造も急務だった）。

一九四二年、列車はコジェ・グウォヴィ付近に停まっていた。

ウェルコポルスカ出身の鉄道労働者、テオフィル・ルバシンスキは、その時の経緯をこのように話している（「ユゼフ・ドヴブル＝ムシニツキ将軍記念博物館」証言資料より）。


その森は、我々のいた場所から三〇〇メートルほどだった。ある日、シェミヤニェンコという姓のポーランド人女性が我々のところにやってきた。

彼女はカティンの森を示して、一九四〇年にコゼリスクから連れてきたポーランド人将校を、あそこでＮＫＶＤが虐殺したというのだ。

それからしばらくたって、またその女性が現れると、今度は手にポーランド軍少尉の軍帽を持っていた。その帽子は、将校たちが列車から「ヴロナ」と呼ばれる移送車に乗るときに投げ捨てられたものだという。

彼女によると、その将校は帽子を投げながら、「ポーランドいまだ滅びず！」と叫んだらしい。ＮＫＶＤがこの軍帽をさんざん捜し回っていたので、これをあるロシア人から受け取って隠し持っていたそうだ。

我々は、その軍帽をドイツ人たちと一緒に見た。列車の責任者のドイツ人ザウナーがその軍帽を、私の友人であったヴァツワフ・カルモリンスキに渡した。

ある土曜日、この件に関心をもった私たちは、ヤン・ヴァホヴィアクとジクフリト・ムシェラクとともに教えられた森へ行った。しかしそこで将校たちの遺体の遺棄現場を見つけることはできなかった。そこで他の墓を、民間人らの力を借りて掘り返した。

別の日に、地元に住んでいるコズウフという名のロシア人がやってきたので、カティンの森で起きた将校虐殺事件を知っているかどうか尋ねてみた。彼は、「知っている。その集団虐殺跡を教えますよ」というのだ。

その話の内容は、最初の女性が語った「一九四〇年の春に、ポーランド人将校をＮＫＶＤが列車でグエズドヴォ駅まで連れてきた」というものと同じだった。列車から車に乗せられて森へ連れていかれ、二人の兵士が両脇を抱えていき、三人目がその後頭部を撃つというやり方だったという。

また、他の土曜日に友人一行と一緒に森へ行ったとき、コズウフがポーランド人将校たちの集団埋葬跡を指し示した。私たちはそこの掘り返しの作業中に、ポーランド軍の軍服を発見した。外套の上側になっていた部分は傷んでいなかったが、下側は腐っていた。どの遺体もうつ伏せで、手は後ろに回し、頭部はひどく破壊された状態で並べられていた。

私たちは、外套についていた少佐と大尉の階級章を確認した。誰もが恐れおののき、土で墓穴を埋め戻して、彼らのために祈った。

その後、我々は列車に戻って、今日のとんでもない発見を仲間に語り聞かせた。翌日の日曜日にはもっと大人数でその集団埋葬地に戻り、そこに白樺の十字架をふたつ立てて、全員が祈りを捧げたのだった。

このようにして、「消えた将校たち」は発見されたのだった。

しかし、ドイツはしばらくその事実を隠していた。一九四三年四月にようやく第一報が伝えられ、即座にドイツ主導による第一次現地調査が行われる。

その際、ヤニナ・レヴァンドフスカの遺体を目撃し、インタビュー記事を雑誌に掲載したユゼフ・マツキエヴィチは、ポーランド労働者党によって死刑判決を下されるが、幸いそれは執行されることなく終わった。

カティンの森事件の発覚により、連合国は深刻なジレンマに陥る。

チャーチルは外相イーデンに宛てた手紙のなかで、「スモレンスク近郊の、三年以上前の墓穴を病的にうろつきまわるものではない」と書いている。ソ連による犯行だと結論付ける報告書が提出されても、チャーチルはこの事件から目を背けることに終始した。

アメリカの立場はもっと明確だった。ジョージ・アールという外交官がソ連の犯行を裏付ける情報を大量に入手し、ルーズベルトに報告したが、「こんなものはドイツの宣伝だ」と一蹴したという。さらにアールがこの情報を公開しようとすると、サモア島に飛ばされ、ルーズベルトが死亡するまでついに戻ってこられなかった。

戦後のニュルンベルク裁判では、ソ連はカティンの森事件の責任をドイツになすりつけるために偽装工作を行い、参加を拒否した検察官は自室で死亡した状態で発見された。

三つの収容所に収容されていた捕虜の総数は一万四〇〇〇人前後でほぼ確定している。しかし、事件の総死者数を二万五〇〇〇人とする場合と、二万二〇〇〇人とする場合があるのは、どの資料をとるか、また、どこまでをこの事件の犠牲者にカウントするかにもよるようだ。結局、正確な数字は誰にもわからない。すべての遺体は戦後、鉄のカーテンで覆い隠されてしまった。カティンの森以外で殺害された被害者も「カティンの森事件の被害者」と呼ぶのは、第一次発掘調査で発見された遺体が象徴的存在であり、すべてのポーランド人捕虜殺害事件の総称となったからである。

そして重要なことは、犠牲者の家族も「カティン」の二次的被害に遭っていたことだ。事件発生直後、犠牲者の家族約六万人が、夫あるいは父の運命を知らされないまま、ソ連によってカザフスタンなどの地に強制移住させられた。

流刑を逃れた家族たちも事情聴取を頻繁に受け、様々な圧力をかけられた。またポーランドの共産主義政権は、被害者の家族たちの日々の生活が厳しくなるようにし、カティンの犠牲者の家族であることで二等市民といった扱いを受けるようになったという。

ワイダ監督の映画『カティンの森』のなかで、「カティン問題は、人民共和国への忠誠の忖度」という台詞がある。カティンという言葉は禁句となり、すべてのポーランド人の意識に半世紀にもわたって影を落とした。

ワルシャワ蜂起の悲劇

一九四四年八月一日、ポーランドの地下組織であった国内軍（AK）は、ワルシャワ蜂起によってナチスに反旗を翻した。一斉蜂起の開始時刻である十七時は、「Wの時」と呼ばれている。開戦以来、五年にわたって占領下にあったワルシャワだったが、ドイツ軍はすでにかつての勢いを失い、街にはソ連軍が迫っていた。

蜂起の三日前には、ソ連はラジオで、ワルシャワ市民に蜂起を呼びかける放送を行っている。このままソ連の手によってワルシャワが解放されると、戦後の支配権をすべて握られてしまう。ソ連が街に入る前に、ある程度は占領軍を叩いておき、勝利者としての立場でソ連を迎える必要があったのだ。

カティンの森事件の発覚によって、ポーランドとソ連の関係は決定的に悪化していた。ゲッベルスの情報戦争は、実際にかなりの効力を発揮したことになる。

ヴィスワ川対岸のプラガ地区まで来たソ連軍は、なんとそこでぴたりと進軍をやめてしまった。孤立無援となったワルシャワ全市民は、ここから六三日間にわたる壮絶な市街戦に突入する。

アンジェイ・ワイダ監督の『地下水道』は、このときの闘いを描いた映画である。絶望的な状況下で、国内軍はワルシャワ中に張り巡らされた地下水道を唯一の連絡路として、ナチスに対抗した。

この神出鬼没のゲリラ戦は、当初こそ効果があったが、すぐにドイツの知るところとなる。地下水道の出入り口には爆弾が仕掛けられ、毒ガス散布などで多くの人々が地下で死んでいった。「地下水道むすめ」と呼ばれる少女たちもいて、主に地下水道の案内や、連絡係を担っていたらしい。地下道でランタンをもって立っているので、ランタンむすめとも呼ばれた。

ワルシャワ市内にある「ワルシャワ蜂起博物館」には、実際に市民が通っていた地下水道を再現したスペースがある。通り抜けることもできるのだが、膝を屈め、すり足で進んでも、一分もたたずに身体が痛くなる。

日本人の体型でもそんな調子なのだから、ポーランド人にとって、その「抵抗への道」は、あまりに狭く厳しいものだった。

八月三十一日に、国内軍は地下水道を使って南側の解放区に脱出。九月末には、国内軍はほぼ壊滅した。あとにのこされたのは一方的な破壊行為のみだ。ヒトラーの号令のもと、市内の建築物は完膚なきまでに破壊され、レイプや虐待をされた遺体の山が積み上がっていった。

ヴィスワ川対岸で破壊と虐殺をほぼ静観していた赤軍だったが、一九四五年一月中旬にようやく本格的な進撃を再開。

廃墟と化したワルシャワに、T－34戦車のキャタピラー音と、赤軍の軍靴の音が響き渡った。

なぜ、もっと早く来てくれなかったのか。疲れきった市民は茫然とそれを眺めた。

ナチスからの解放を謳ってはいたが、スターリンがワルシャワ市民をわざと見殺しにしたのだと、ポーランド人はいまでもそう信じている。

イギリスとアメリカも、惨状を知りつつ、ほとんど有効な支援を行わなかった。

市民の死亡者数は一八万人とも二五万人ともいわれ、蜂起失敗後は多くの住民が街から追放された。

蜂起以前にワルシャワ・ゲットーから強制収容所に送られ、殺害されたユダヤ人も含めると、戦前に一三〇万人いたワルシャワの人口の、ほぼ半分が死亡したといわれている。

第二次世界大戦中のポーランドでは、国民の五人に一人が死亡、三人に二人が被害を受けた計算になるというが、それと比べてもワルシャワの死亡率は突出した数字なのだ。

終戦も差し迫った一九四五年二月、ソ連のスターリン、イギリスのチャーチル、アメリカのルーズベルトが一堂に会し、戦後処理について話し合ったヤルタ会談で、戦後ポーランドの領土問題が協議される。亡命政府は当然の権利として、戦前のポーランドの全領土の回復を求めていたが、その意向は完全に無視された。

「ヴィスワ川の奇跡」によってポーランド領となっていたウクライナ、ベラルーシ西部などの地域は、ソ連が併合することになった。ポーランドには申し訳程度の旧ドイツ領が与えられたが、国土は西に大きく移動させられ、大幅に領土を減らす形となった。

戦後は、ソ連の支援を受けた「ポーランド労働者党」が実権を握り、ポーランドはソ連の衛星国として社会主義国家となる（ワイダ監督の『灰とダイヤモンド』は、この時の反共産勢力と労働者党の争いを描いた映画である）。

その後は、一九八九年の民主化まで四四年にわたり、ソ連の支配が続いた。

ポーランド人飛行士、ドーバー海峡を渡る

最後に、ヤニナの夫ミエチスワフ・レヴァンドフスキの闘いについても記しておきたい。

ヤニナ、アグネシュカ、アンデルス将軍、ミエチスワフ、道はそれぞれ四つに分かれたが、そのなかで最も華々しい道を歩んだのはミエチスワフだったといえる。

ヤニナの第一の分かれ道で、ルーマニアとの国境に向かっていた場合、このルートに乗れた可能性もあった。

ポズナンで妻の帰りを待つ間に、ナチスによって総督府域へと移送されたミエチスワフだったが、そこから運よくフランスへ逃げ延びることができた。

フランスからさらにイギリスへと渡り、イギリス空軍と合流。飛行士としてバトル・オブ・ブリテンに参加したのだ。

バトル・オブ・ブリテンとは、第二次世界大戦中にイギリス上空とドーバー海峡において、ドイツ空軍とイギリス空軍の間で行われた航空戦である。

史上最大の航空戦ともいわれるが、そのなかでのポーランド人飛行士たちの奮闘は、航空マニアにとっての伝説となっている。

これもまた、ポーランドの「流浪兵士」の起こした奇跡のひとつといえるだろう。

ポーランドの騎兵隊魂をもち、勇猛さでは負けないポーランド兵だったが、国産機の開発計画は大幅に遅れていた。開戦当時、ポーランド空軍（ＰＡＦ）は約四〇〇機の戦闘機、爆撃機を所有していたが、ほとんどが時代遅れの旧型機だったのだ。

それでも、侵攻してくるドイツ軍の猛攻を阻止すべく、主力国産戦闘機P．11を出動させたが、その性能はドイツ新鋭機にくらべて明らかに劣っていた。

速度ばかりでなく、ドイツ空軍機と同じ高度を保つことさえままならなかったのだ。

それでもポーランド空軍は、P．11よりさらに性能の劣るP．7aでもドイツ軍機を撃墜するなど、それなりに善戦。何人かのエースパイロットも誕生したが、質量ともに差が縮まることはなかった。

九月半ばには、ポーランド戦闘機隊の主力はルーマニアとの国境に集結していた。西側から供給されるはずの戦闘機が、ルーマニアの港に着くことを期待したからだ。

しかし、九月十七日にはソ連がポーランドに侵攻し、各部隊は国境を越えてルーマニアとハンガリーに逃れる。飛行士たちの抵抗も空しく、ポーランドは再び二国によって蹂躙《じゅうりん》された。

その苦い経験を胸に、パイロットたちはフランス軍に合流。

「まやかし戦争」のなかで、歓迎されたとはいえなかったようだが、一三〇人のポーランド人パイロットが実戦に参加し、六〇機を撃墜した。

フランスがナチスに降参したあと、さらにイギリスへと逃れたポーランド人パイロットを、イギリス軍は試しに英国機「ホーカー・ハリケーン」や、最新鋭機「スピットファイア」に乗せてみることにした。最初は英語の習得や、慣れない機体に戸惑っていた彼らだったが、しばらくすると、水を得た魚のように空を飛び始めたのだ。

そのなかで最も有名なのは、「第三〇三コシチュシコ戦闘機中隊」だろう。

コシチュシコとは、第二次ポーランド分割のあと、「コシチュシコ蜂起」と呼ばれる蜂起を起こしたポーランドの英雄の名だ。第三〇三戦闘機中隊は、そのコシチュシコ将軍のシンボルである二本槍のマークを付け、最初の七日間で四〇機近くの敵機を撃墜した。

総出撃数九九〇〇回、最終的な撃墜記録は、バトル・オブ・ブリテンに参加した連合軍の六六個の戦闘機中隊のなかで突出している（二〇三機以上）。

自国の防衛すらできなかった連中だと、当初は全く期待していなかったイギリス空軍だったが、ポーランド人部隊の撃墜数は日に日に増えていく。「なにかいかさまをしているのではないか」と考える空軍関係者もいたという。

その一人であったノースホルトの基地司令官はある日、三〇三中隊に同行することにした。基地を飛び立ってしばらくすると、編隊飛行中のドイツ軍機に遭遇する。それを目視した瞬間、ポーランド人パイロットが操縦するハリケーン二機が、すさまじい垂直降下で編隊に突っ込んでいき、散り散りになったメッサーシュミットを次々に撃ち落とした。

その攻撃は、司令官の言葉を借りれば「ほとんど自殺行為」だったという。

ポーランド人の実戦経験と技術は驚くほど優れていたが、撃墜され、パラシュートで脱出降下するドイツ人パイロットを射撃することが非紳士的であると、眉をひそめるイギリス人もいた。

家族を殺され、祖国を奪われたポーランド人にとって、空中戦は個人的な復讐のステージでもある。ドイツ軍には最新の水上救助機があり、飛行士を救助する体制が整っていた。

ドイツ軍の撃墜王、エーリヒ・ハルトマンの個人スコアは、驚きの三五二機である（東部戦線での記録がほとんどで、撃墜されたあとは歩いて基地に戻り、またすぐ出撃していたという）。

にわかには信じられない数字だが、ポーランド人からすれば、紳士協定などくそ食らえ、といったところだったろう。

ナチスに対する絶好のプロパガンダになると考えたイギリス政府は、ポーランド人パイロットの活躍を大々的にとり上げた。新聞は「空飛ぶポーランド騎兵隊」、「ポーランドの復讐の天使」と連日はやし立て、人気は過熱気味となった。

基地の周囲では、ポーランド人パイロットのあまりの多さに、ついには集会所のバーに「英語話せます」という看板が立てられるほどだったという。「伊達男」の多いポーランド人パイロットは、酒場でもよくもてた。

それぞれ部隊ごとに違う色のスカーフを首に巻いていて、目のさめるような緋色の三〇三をはじめ、緑、白、青など、その華やかさも評判を呼んだ。

ヨーロッパ戦線におけるアメリカ軍のトップ・エースとなったフランシス・ガブレスキは、ポーランド移民の子だった。イギリス駐屯中にパブでポーランド人パイロットの一団に出くわし、直談判してポーランド人部隊に移籍。彼らから独特の操縦技術を学んだという。

ガブレスキ曰く、イギリス軍のパイロットは七〇〇メートルほど離れて敵を狙うが、ポーランド人は三〇〇メートル、ときには一五〇メートルの超近距離から射撃を行ったという。太陽を背に、隊をリードする戦闘機めがけて急降下する技術も、ポーランド人仕込みのものだった。

この技術を引っさげてアメリカ空軍に戻り、ガブレスキは最終的に、二八機のトップ・スコアをあげた。

そして彼がエースとしてアメリカに帰国する当日、最後にもう少し記録を伸ばしておこうと無理に出撃し、ドイツの飛行場を急襲。低空飛行しすぎてプロペラが地面に当たり、そのままドイツの捕虜となって終戦を迎えるという、なんともポーランド気質らしいエピソードの持ち主でもあった。

つかの間の太陽

ヤニナの夫ミエチスワフは、第三〇二ポズナン戦闘機中隊、及び第三〇七夜間戦闘機中隊ルヴォフスキェ・プハチェ（「ルヴフのミミズク」）に所属した。

ちなみに、青緑色地に、酒瓶の絵柄が染め抜かれた第三〇七夜間戦闘機中隊のスカーフは、多くのポーランド人飛行部隊のなかでもとびきり派手だったと伝えられている。

一九四〇年九月十五日、二〇〇機の爆撃機と六〇〇機の戦闘機によるドイツ大航空部隊の撃退作戦「ビッグ・デイ」にも、ミエチスワフは参加している。

バトル・オブ・ブリテンに参加したポーランド人パイロットは総勢一四五人、イギリス空軍の五％にすぎなかったが、ドイツ空軍が失った全飛行機のうち一二％が、ポーランド人パイロットの戦果だったといわれている。

しかし、この目覚ましい戦績にも諸説あるところで、ポーランド人パイロットはドイツへの「壁」として、真っ先に出撃させられたからだという人もいる。

彼らの活躍もあって、イギリスはドイツの侵攻を阻止した。しかし、一九四五年二月十二日に発表されたヤルタ協定の内容は、パイロットたちに大きな衝撃を与える。

五年間にわたって多大な犠牲を払ってきたのに、こんな仕打ちがあるのかと、全員が憤った。

一九四五年七月五日、アメリカとイギリスは、ロンドンのポーランド亡命政府の公式承認を取り消した。これは、戦勝国となったソ連への配慮であったといわれる。

英国外務省からポーランド人パイロット宛てに手紙が送られたが、その内容は「我々の勝利に手を貸してくれて感謝する。しかし、残念だが君たちが英国に残ることはできない。直ちに君たちの任務を解く」といったものだった。

第二次世界大戦終結後の一九四六年、ロンドンで華々しく行われた勝利記念パレードに、ポーランド人部隊の姿はなかった。第三〇三コシチュシコ戦闘機中隊だけは、国民的な人気もあって唯一参加を認められたが、彼らは全員、参加を辞退した。

きらびやかな勝利パレードが行われるなか、ポーランド退役軍人たちが味わった屈辱は、どれほどのものだったろう。事実上彼らは、連合国に使い捨てにされたのだった。

バトル・オブ・ブリテンには、ドーバー海峡を渡ったポーランドの国民的英雄たちも、パイロットとして参加している。その記録もここで紹介しておこう。

一九三四年のエアレース「チャレンジ」で優勝したイェジ・バヤンは、第二次世界大戦が始まると、ドイツ軍がデンブリンを爆撃した際に左手を負傷し、パイロットとしての能力をほぼ失った。そのため、イギリスでは補助的な軍務に携わったが、しばしば左手にフックのような補助器具をつけて操縦し、飛行を行ったという。

一九四三年六月からはポーランド空軍戦闘部隊のトップとなり大佐に昇進。英国から軍役を取り消されるまでこの地位を占めていた。

戦後、彼は共産主義国となったポーランドに戻ることを拒否してロンドンにとどまり、イギリスに残ったパイロットたちで結成された飛行士会の会長もつとめた。

第二次世界大戦中のポーランド人パイロットの戦果を調査する歴史委員会を組織し、パイロットたちの撃墜記録（通称「バヤンのリスト」）を作ったことでも知られる。

晩年はパーキンソン病を患い、一九六七年にロンドンで亡くなった。

また、ムシニツキ将軍の第一ポーランド軍団出身であり、ワルシャワ—東京間を往復したボレスワフ・オルリンスキは、第三〇五爆撃機中隊を率いて、主に夜間爆撃を担った。

戦後はカナダに移住し、一九九二年に九十二歳で亡くなっている。

遺体は、自由化直後のポーランドまで送られ、英雄としてワルシャワに埋葬された。

ヤニナの夫であったミエチスワフも、戦後はイギリスに移住し、イギリス人女性と再婚。ダイアナという娘が生まれている。一九六四年に自殺したと書いている資料もあるが、実際にはイギリスで八十六歳の天寿を全うしたようだ。

しかし、これは非常にラッキーな例だったといえる。

戦後のイギリスでの世論調査では五六％の国民が、ポーランド人は送還されるべきと回答。かつての空のファイターが、イギリスでタクシー運転手や新聞配達をして生きた。祖国に帰国した者の多くも、迫害や処刑、投獄、強制労働を強いられたという。

第二次世界大戦後、ミエチスワフは母親あてに、妻ヤニナの消息を探ってくれるように手紙を書いている。息子の願いをかなえるために、母親がルソーヴァのフランチシュカ・ウカノフスカを訪ねてきたことがあったそうだ。

「残念でしたが、その時はなにもヤニナについての情報はなく、お手伝いをすることができなかったのです」と、ウカノフスカは語る。レヴァンドフスカ夫人は心底落胆していた様子で、そして長い間、ヤニナと彼女の実家についてふたりで語り合った。

別れ際にレヴァンドフスカ夫人は、ウカノフスカを強く抱きしめてこう言った。「つかの間の太陽が、息子を照らしてくれました」。

そしてなんの成果もないまま、悲しみに涙しながら帰っていったのだという。

ヤニナがカティンで殺されたことを、ミエチスワフは最後まで知らなかったのだろうか。ルソーヴォの博物館の館長が、一度彼のイギリスの遺族に電話をかけたことがあったそうだ。

その時のリアクションを、彼はこう話してくれた。

「ヤニナ・レヴァンドフスカの話をすると、大変ショックを受けた様子でした。父親にかつて結婚していた女性がいたこと、彼女は将軍の娘であり、カティンの森で殺害されたこと……なにも知らなかったそうです。戦後は、平穏な人生を送ったようですね」

亡命ポーランド人飛行士ミエチスワフ・レヴァンドフスキは、一九九七年十一月二十四日にブラックプールで亡くなり、カールトンのポーランド人飛行士地区の一角に埋葬された。

彼が再び祖国の地を踏むことはなかった。

再びの悲劇

ながい時が流れた。戦後ポーランドは社会主義体制下に置かれ、カティンの森事件発生から五〇年もの時間が過ぎようとしていた。

ポーランドでは民主化運動が起こり、一九八九年にはレフ・ワレサ率いる「連帯」の運動によって、ついに自由化が果たされる。

これを機に、ソ連圏にあった東欧諸国が次々と民主化。ソ連は変革を迫られた。

ポーランド民主化の翌年に当たる一九九〇年四月十三日。ソ連政府公式報道機関タス通信は、コゼリスク、オスタシュコフ、スタロベルスクにおけるポーランド人将校らの殺害は、スターリン時代の内務人民委員部（ＮＫＶＤ）によって、一九四〇年に行われたものであるという公式見解を発表した。

この発表はゴルバチョフのペレストロイカの時期とも重なり、その柱であるグラスノスチ（情報公開）のなかでも非常に重要なものとなった。

その後ソ連は崩壊し、ゴルバチョフのあとを引き継いだエリツィンは、過去との断絶を決意。一九九二年のカティン犠牲者世界記念日に合わせて、ポーランド大統領となったレフ・ワレサに、事件に関する秘密書類を手渡した。


事件は、一応の解決をみせたかに思えた。しかし、再び悲劇は起こってしまう。

二〇一〇年四月十日。ポーランドのレフ・カチンスキ大統領夫妻は、カティンの森で行われる七〇周年追悼記念式典に参加するため、スモレンスクの空軍飛行場に向かっていた。

当日は霧が濃く立ち込め、視界は不良だった。

この政府専用機に乗っていたのは、大統領以下九七人の要人だ。国務長官、大統領府長官、上下院副議長、戦時中の亡命政府の元大統領、さらにはポーランド中央銀行総裁、ポーランド軍の陸・海・空の三司令官など、ポーランドの中核をなすメンバーがずらりと揃っていた。

飛行場への着陸寸前、機体は急激に高度を下げ、数度目のゴーアラウンドの際に主翼が木に接触。同機は墜落・炎上し、乗客全員が死亡した。

この事故原因については様々な説があるが、カティンの森事件からちょうど七〇年目に起きた悲劇に、国民は大きなショックを受けた。

プーチンは即座にスモレンスク入りし、メドベージェフと共に哀悼の意を示した。フライトレコーダーは、ロシアとポーランド両国の専門家によって開けられ、調査されたが、墜落原因はいまだに不明だという。

この事故の一週間前、アンジェイ・ワイダ監督の『カティンの森』が、ロシア国営テレビで初放映されていた。この放送をみたロシア人はおよそ二八〇〇万人にも及ぶ。ワイダ監督は、事件の三日前にあたる四月七日に、カティンで行われた式典に参加していたという。

各界のリーダーを、カティンで再び一挙に失ったポーランドは、大混乱に陥った。

事件の爪痕は深いが、その後の政界で一気に台頭した人物がいる。現在のポーランドの第一党である「法と正義（PiS）」の党首、ヤロスワフ・カチンスキ氏だ。

実はこのヤロスワフは、飛行機事故で死亡したレフ・カチンスキ大統領の双子の兄なのだ。

一卵性双生児として生まれ、十三歳のときに『月をぬすんだ双子』という映画に兄弟で主演し、大ヒットしている（元タレントという部分は、現ウクライナ大統領のゼレンスキーとも共通する）。

ワレサの「連帯」に参加したあと、弟のレフと共に、「法と正義」を創設。二〇〇五年には大統領に弟・レフ、翌年には首相に兄・ヤロスワフが就任し、世にも珍しい「双子政権」が誕生している。

飛行機事故直後に行われた大統領選挙に敗れるも、二〇一三年に「法と正義」党首に再選された。大統領や首相を凌ぎ、現代ポーランドにおける事実上の最高権力者だと言われている。

カティンの森で弟を亡くしたことで、ロシアへの憎悪が深まったのかどうかはわからないが、ヤロスワフは第二次世界大戦中の戦後賠償論争も再提起した。

保守的なカソリック団体を支持母体に、ポーランド・ナショナリズムを推し進めているが、近年はメディアや司法への介入も噂されている。

過激ともいえるナショナリズムには、国内外から批判も寄せられているが、一部の国民の熱狂的支持を受けているという。

最近になって、カティン博物館や、第二次世界大戦博物館などの立派な資料館が次々に誕生したのも、偶然ではないのかもしれない。

近年、イギリスのＥＵ離脱にともなう国民投票のあと、ポーランド人移民がやり玉に挙がった時期があった。ＥＵ加盟によって大量のポーランド人がイギリスに出稼ぎにわたっており、それがイギリスの経済を圧迫している、というのが彼らの主張だ。

この時、ツイッター上には第三〇三コシチュシコ戦闘機中隊の飛行士たちの写真とともに、「彼らがイギリス防衛に尽力した」という言葉が添えられ、大きく拡散された。

現政権は、三〇三飛行中隊の認知度を上げることにも力を注いでいるように思える。

二〇一八年には『ハリケーン』（邦題『バトル・オブ・ブリテン　史上最大の航空作戦』）、『スクワッド３０３　ナチス撃墜大作戦』という二本の映画が立て続けに封切られた。

また、ミュージカル『パイロット』も、ワルシャワで三年間という異例のロングランとなり、ミュージカルのテーマ曲「何も約束しないで」は、国内ヒットチャートにランクインしたのだという。

そして、ロシアがウクライナに侵攻した二〇二二年。

ポーランドのアンジェイ・ドゥダ大統領は、八二年前に起きた「カティンの森事件」におけるロシアの責任をあらためて追及し、国際法廷で裁きを求める方針を正式に表明した。

どの裁判所に提訴するのか、また誰の責任を問うのか。そもそも戦争責任とは、どれほどの時を遡って追及できるものなのか——。提訴には、多くの問題が立ちはだかっている。

しかし、ふたたび現代に蘇った「カティンの森」という言葉は、これから世界的な話題になっていくだろう。

そして、ロシアによるウクライナ侵攻以降のポーランドは、軍備増強を驚異的なスピードで進めている。この軍事拡大計画が実現すると、ヨーロッパ最大の陸軍が誕生するのだという。

これからポーランドはどこに向かうのか。それは誰にもわからない。しかし、その苛烈さの裏には、常に国民の共通の傷としての「カティンの森」がある。

深い森の奥から響いてくる無数の声が、これからもこの国を根底から揺さぶり、突き動かしていくのだろう。

エピローグ

この長い物語のおわりに、ヤニナの失われた頭蓋骨がたどった数奇な運命について、書き記しておきたいと思う。

二〇〇三年四月、ルソーヴォの聖ヤドヴィガ教会のイグナツィ・カルゲ神父の下に、一通の手紙が届いた。

差出人はアンジェイ・ヤギエルスキ教授で、故ユゼフ・ドヴブル＝ムシニツキ将軍の親類についての情報提供を依頼する内容だった。その理由に、神父は驚愕する。

「カティンの森からヴロツワフに運ばれ、内務人民委員部や公安部にもその存在を隠し続けてきた女性の頭蓋骨が、我々の手元にあります。いまは亡きヴロツワフの研究者らによれば、それがヤニナ・レヴァンドフスカのものであるというのです」

そして、ヤギエルスキ教授は、V‐13号と名のついた頭蓋骨の辿った、数奇な運命について語り出したのである。

一九四三年、カティンの森で行われた第一次調査によって、女性の遺体が発見された。

ヴロツワフ医科大学の法医学研究所所長を務めていたドイツの法医学者ゲルハルト・ブーツは、発掘調査に参加した際、興味をもった他の六人の男性の頭蓋骨とともに、その女性の頭蓋骨も自分の研究室に持ち帰った。

ほどなくして、ブーツ教授は亡くなってしまう（死因については不明ということだったが、ヒトラー暗殺未遂事件「ワルキューレ」にともなう処刑者の一人という説もある）。

第二次世界大戦後、頭蓋骨の存在は研究者たちにとって非常に危険なものとなった。

終戦後数年にわたって、ソ連と共産化されたポーランドの諜報機関は、カティンの森事件に関するあらゆる証拠を隠蔽しようと躍起になっていたからだ。

このＶ－13号と印がつけられた女性の頭蓋骨を、カティンに同行したポーランド赤十字派遣団の一員が、スモレンスクの研究所で目撃していた。クラクフに戻ったあと、彼はそのことをボレスワフ・ポピエルスキ教授に話したのだという。

戦後処理が終わったあと、ポピエルスキ教授がヴロツワフ医科大学の法医学研究所の責任者となったとき、教授はその話を思い出した。ブーツ教授は、この研究所に資料や頭蓋骨を持ち込んだに違いない。そう考えた彼は捜索を開始し、やがてすべての頭蓋骨を発見する。

頭蓋骨にはどれも後頭部に7・65口径の弾痕があった。ポピエルスキは残存物を自分の書斎に封じ込め、そのことは本当に信頼できる協力者だけに伝えた。

最初はＮＫＶＤが、その後にはＵＢ（社会主義ポーランドの公安部）が頭蓋骨を捜索しに来たが、その度にポピエルスキは隠し通した。

続いてその秘密の受託者となったのは、ボレスワフ・ヤギエルスキ教授だった。彼はヴロツワフ医科大学の法医学研究所に頭蓋骨を保管し、引き続き秘密を守った。

一九九七年、重い病に侵された彼は、自分の助手にカティンの遺物を預け、研究所に保管されている頭蓋骨の歴史の解明を依頼したのだった。

「しかるべく適切なポーランドの政治雰囲気のなかで国民に明らかにし、その出自を科学的に立証するように」という言葉が、ヤギエルスキ博士の遺言となった。

そして手紙の最後には、こう添えられていた。

実は私は、少年の頃にヤニナさんと知り合う機会があったのです。それは一九三九年の夏、彼女とご主人がバトロヴォの領地にやってきたときのことでした。ワヴィツェ空港のインストラクターとして、私に何度か飛行をみせてくれたのです。

その数か月後、彼女は悲劇の最後を迎えました。

このような経緯を電話で説明するのは難しく、書面にてお送りする次第です。お返事をいただけますと幸いです。

この手紙を読んで、神父は即対応した。ユゼフ・グライエク氏に伝えたところ、彼と妻のアンナはこの話に腰を抜かさんばかりに驚いた。

そんなことが本当にあるのだろうか。もしあったとしたら、それは神の御業である。

そしてふたりは、頭蓋骨の身元を確認するための資料を集めるために奔走したのだった。

二〇〇三年四月二十七日、週刊誌“Tygodnik Powszechny”に「七人の将校の帰還」という記事が掲載された。ヴロツワフ医科大学法医学研究所に、カティンの森で殺害された捕虜の頭蓋骨が保存されているという事実が、初めて公表されたのである。

六つの頭蓋骨は情報が少なく、身元不明のまま、ヴロツワフの東ゴルゴタ墓地に埋葬された。しかし、コゼリスクで女性の捕虜はヤニナひとりしかいなかったのである。

それがヤニナ・レヴァンドフスカの頭蓋骨だということには、誰も疑いをもっていなかったが、医学的な確認が必要だった。ここから二年半をかけて、五人の研究者たちが女性の頭蓋骨の調査を続けた。

調査の結果、Ｖ‐13号は女性の頭蓋骨で、三十歳から三十五歳であることがわかった。しかし、保存状態は非常に悪く、また親、兄弟がすでに死亡していることから、ＤＮＡのサンプルがないことも鑑定が難しい一因となった。

グライエク夫妻によって提供されたヤニナの写真をもとに、コンピューターグラフィックスとデジタル画像を使った「スーパープロジェクション」（写真数点と頭蓋骨を重ね合わせて調査を行う方法）によって検証を行った結果、九〇％の確率で一致するという回答が出た。これによって、頭蓋骨の身元はほぼ確定したのだ。


二〇〇五年十一月四日、ヤニナ・レヴァンドフスカの葬儀がルソーヴォで執り行われた。

研究所の教授たちによって引き渡された頭蓋骨は、空軍の印がついた花崗岩の納骨箱に納められた。この日をもって、ヤニナは少尉から中尉に特進する。

ウェルコポルスカ県知事より故ヤニナ・レヴァンドフスカに「永遠の記憶」のメダルの授与があ

り、飛行クラブからは「ポズナン飛行クラブ名誉会員」の認定書が贈られた。

　公式の式典のあと、記念礼拝のために教会に移動しようと、グライエク夫妻は会場を出た。すると会場前は、入りきれなかった人々で溢れ返っていたという。

　みんな涙を流していた。ヤンカ、お帰りなさい、と口々に叫び、納骨箱をもつグライエク夫妻のあとに続いて村人も歩いた。

　教会でミサが行われる間にも、人の波は止まなかった。ますます多くの人が教会前に集まり、教会から墓地まで移動するときには、ルソーヴォの学生たちがたいまつを掲げた。

　その後ろには、ポズナン空軍の音楽隊、ウェルコポルスカ第十七機械化歩兵旅団の儀仗兵、身元鑑定に尽力した教授たち、そしてルソーヴォの人々が続き、ろうそくの灯りが大きな光の波となって、墓地まで続いた。


　葬儀開始と同時刻。ポズナン飛行クラブ部長のピオトル・ハベルランドが操縦する飛行機が、無許可で滑走路を飛び立った。

　ポズナン飛行クラブでは、「ヤニナの葬儀のために飛行機を飛ばしたい」と政府に申請したのだが、民間機の多いエリアだったので却下されていたのだ。

　ワヴィツェ空港の管制塔からは、再三にわたり確認の無線が入るが、ハベルランド部長は「無線不調により、音声不明瞭」と返し続けた。

　そうこうするうちに、飛行機はルソーヴォの上空まで到達した。地上に光の道があるのを目視し、彼は操縦桿を上げたのだという。

それはちょうど六八年前、ユゼフ・グライエクがムシニツキ将軍の葬儀で見た光景と同じだった。
白い鷲《わし》のような、一機の飛行機。

ルソーヴォの人々は、空に8の字の軌道を描く飛行機を指さしながら言ったという。

「ついに今日、カティンが終わった」と――。

著者あとがき

二〇二二年二月二十四日早朝、ロシアがウクライナに侵攻した。

私は、ロシアは侵攻するのではないかと感じていたので驚かなかったが、それまで、「ウクライナってどこ？」といった具合だった日本のテレビ局は、たちまち戦争報道一色となった。

あるとき、ウクライナ市民への街頭インタビューを見ていると、とても印象にのこる言葉を発した男性がいた。

「この戦争は、新しい戦争なんかじゃない。独ソ戦の続きなんだ」

そのとおりだ、と私は思った。

まさかこの時代に、旧世代の戦車がぞろぞろと隊列を組んで、国境を越える場面を目にするとは思わなかった。強大な近代ロシア軍とは、ハイブリッド戦争とは、一体なんだったのか。

これじゃまるで、独ソ戦の頃のままじゃないか——。

そんな私の予感は、最悪の形で現実化されてしまう。ロシア軍撤退後のキーウ近郊ブチャで、東部イジュムで、集団墓地から次々と遺体が発見されたのだ。

地中から掘り起こされた無残な姿。拷問の跡。首や手に巻かれた縄。身体にのこる弾痕……。それらは、私がここ数年間、カティンの森事件の資料でさんざん見てきた光景そのままだった。

全ヨーロッパ人が、その忌まわしい事件の記憶を呼び起こしたことだろう。

そして、この本の取材で出会った人々の生活もまた、大きく変わった。

ウクライナ移民を支援するボランティア活動に参加した人もいる。避難民にポーランド語教育を始めた人もいる。ここで多くは語れないが、予備役に入った人も、国外に逃れた人もいる。

またしても一帯は、東西対立の最前線となってしまったのだ。

過去に幾度となく悲劇が起きた「ブラッドランド（流血地帯）」。おびただしい人間の血が深く浸み込んだ、呪われた土地。

しかし、白か黒かで分けるには、その歴史はあまりに複雑すぎる。

いまはただ、旅の途中で出会ったかけがえのない人たちに、心からの笑顔が戻ることを祈るばかりだ。必ずまた全員と会える日が来ると、私は信じている。

たった一羽の鳥を追った私の旅は、約三年半という長い道のりになってしまった。

むかしむかし、ひとりの女性兵士が、戦争で死んだ。ありふれた話だ。

しかし、このながい物語の果てには、あなたという読者がいる。なかには、とんだ時間の無駄だった、と思った人もいるかもしれない。しかし、それでもバトンは渡された。

その事実だけで、私の旅も、そしてヤニナの人生もまた、決して無駄ではなかったといえるのかもしれない。

小林文乃

参考文献

『消えた将校たち　カチンの森虐殺事件』
　Ｊ・Ｋ・ザヴォドニー／著、中野五郎、朝倉和子／訳、根岸隆夫／解説、みすず書房、二〇一二年
『ブラッドランド（上・下）ヒトラーとスターリン 大虐殺の真実』
　ティモシー・スナイダー／著、布施由紀子／訳、筑摩書房、二〇一五年
『戦争は女の顔をしていない』スヴェトラーナ・アレクシエーヴィチ／著、三浦みどり／訳、岩波現代文庫、二〇一六年
『カチンの森　ポーランド指導階級の抹殺』ヴィクトル・ザスラフスキー／著、根岸隆夫／訳、みすず書房、二〇一〇年
『裏切られた軍隊（上・下）』ウラディスラウ・アンデルス／著、中野五郎／訳、光文社、一九五三年
『第二次大戦のポーランド人戦闘機エース（オスプレイ・ミリタリー・シリーズ）世界の戦闘機エース10』
　ロベルット・グレツィンゲル、ヴォイテック・マトゥシャック／著、柄澤英一郎／訳、大日本絵画、一九九八年
『バトル・オブ・ブリテン　イギリスを守った空の決戦』
　リチャード・ハウ、デニス・リチャーズ／著、河合裕／訳、新潮文庫、一九九四年
『中欧の不死鳥　ポーランド不屈の千年史』岡上理穂／著、出窓社、二〇一九年
『独ソ戦　絶滅戦争の惨禍』大木毅／著、岩波新書、二〇一九年
『カチンの森とワルシャワ蜂起　ポーランドの歴史の見直し（シリーズ東欧現代史1）』
　渡辺克義／著、岩波ブックレット、一九九一年
『ワルシャワの日本人形　戦争を記憶し、伝える』田村和子／著、岩波ジュニア新書、二〇〇九年
『隣人が敵国人になる日　第一次世界大戦と東中欧の諸民族（レクチャー　第一次世界大戦を考える）』
　野村真理／著、人文書院、二〇一三年
『スターリンの外人部隊　独ソの狭間で翻弄された「赤い外国軍」の実像』

ペーター・ゴシュトニー／著、守屋純／訳、学習研究社、二〇〇二年
『ポロニカ ポーランド文化の現在・過去・未来 '93 №4』ポロニカ編集室、一九九四年
『ワルシャワ蜂起1944（上）英雄の戦い』、『ワルシャワ蜂起1944（下）悲劇の戦い』
ノーマン・デイヴィス／著、染谷徹／訳、白水社、二〇一二年
『ワルシャワ・ゲットー 捕囚1940-42のノート』
ジェイコブ・スローン／編、大島かおり／訳、みすず書房、二〇〇六年
『ポーランド電撃戦』山崎雅弘／著、学研M文庫、二〇一〇年
『ポーランドの歴史』イェジ・ルコフスキ、フベルト・ザヴァツキ／著、河野肇／訳、創土社、二〇〇七年
『ポーランド史』アンブロワーズ・ジョベール／著、山本俊朗／訳、文庫クセジュ、一九七一年
『物語 ポーランドの歴史 東欧の「大国」の苦難と再生』渡辺克義／著、中公新書、二〇一七年
『ショパン全書簡 1816～1831年――ポーランド時代』
ゾフィア・ヘルマン、ズビグニェフ・スコヴロン、ハンナ・ヴルブレフスカ＝ストラウス／編、関口時正、重川真紀、平岩理恵、西田諭子／訳、岩波書店、二〇一二年
『ショパン――カラー版作曲家の生涯』遠山一行／著、新潮文庫、一九八八年

論文

- 「世界戦争100年と東欧――二つの忠誠心の間で」伊東孝之／著、「ロシア・東欧研究」第四四号、二〇一五年
- 「19世紀ロシア文学におけるイエズス会のイメージ――『カラマーゾフの兄弟』読解へのステップ」望月哲男／著、「『スラブ・ユーラシア学の構築』研究報告集」⑽、二〇〇五年

外国語文献

- Porucznik pilot Janina Lewandowska (biografia), Józef Grajek, 2005

- Józef Dowbor-Muśnicki: zarys biografii, Józef Grajek, 2011
- Biografia Agnieszki Dowbor-Muśnickiej, Józef Grajek, 2016
- Pamiętniki znalezione w Katyniu, J. K. Zawodny, 1989
- Córka generała: opowieść o lotniczce zamordowanej w Katyniu, Krystyna Lubieniecka-Baraniak, Fundacja "Nasza Przyszłość", 2013
- Z nieba do Nieba, Zbigniew W. Kowalewski, Sławomir M. Kozak, Oficyna "Aurora", 2013
- Оптинский альманах, Выпуск 4, Крестный путь, монастырь Оптина Пустынь, 2013
- Porucznik pilot Janina Lewandowska-pilotka polska zamordowana w katyniu, Barbara Grześkowiak-Bocian, Klub Seniorów Lotnictwa, Aeroklubu Poznaskiego im, 2015

参考映画

『カティンの森』アンジェイ・ワイダ監督、二〇〇七年

『地下水道』アンジェイ・ワイダ監督、一九五七年

『バトル・オブ・ブリテン　史上最大の航空作戦』デヴィッド・ブレア監督、二〇一八年

『スクワッド３０３　ナチス撃墜大作戦』デニス・デリック監督、二〇一八年

『リベリオン　ワルシャワ大攻防戦』ヤン・コマサ監督、二〇一四年

参考番組

『空の英雄たち「ナチス狩り」』
CINEFLIX [AIR HEROES] INC.&BLINK FILMS、日本語プロデュースＦＯＸ ＪＡＰＡＮ

『ＢＳ１スペシャル「潜入！ヨーロッパ強権政治の内幕〜東欧〝反乱〟震源地に迫る〜」』ＮＨＫ

二〇二一年九月二日、ルソーヴォのムシニツキ将軍記念会会長であるユゼフ・グライエク氏が、九十四歳で亡くなられました。

亡くなられる二か月前、ヤニナ・レヴァンドフスカに関する私の原稿がある賞の最終候補になり、選考会が行われた当日には、病床からずっと結果を待ってくださっていたそうです。

この本は、ユゼフとアンナという献身的な夫妻がいなくては、決して完成しませんでした。彼らに心からの感謝と、愛を送ります。

また、この本の理解者であり、さまざまに尽力してくださった河出書房新社の町田真穂さん。ヤニナに関する情報や、資料の翻訳にも協力してくれたポーランド政府観光局の石川みゆきさん。校正・校閲の円水社さん。装丁のアルビレオさん。翻訳を手伝ってくれた皆さん。

そして各国の旅の相棒たちと、インタビューにこたえてくださったすべての方々にも、厚くお礼申し上げます。

小林文乃

Ayano Kobayashi

1980年生まれ。ノンフィクション作家、出版プロデューサー。
91年、10歳でTBS特別番組のこども特派員として旧ソ連時代のモスクワを取材。
高校2年生から、交換留学生としてオーストラリアに滞在。京都造形芸術大学卒業。
2005年、広島の牧師・谷本清の長女である近藤紘子氏の著書の
プロデュース・構成を担当し、『ヒロシマ、60年の記憶』として刊行され話題に。
以降、数多くの書籍の出版・編集に携わる。
17年、BSフジドキュメンタリー番組
『レニングラード 女神の奏でた交響曲』の企画・プロデュース・出演を行い、
18年、『グッバイ、レニングラード ソ連邦崩壊から25年後の再訪』(文藝春秋)を刊行。
21年、カティンの森事件を題材としたルポ「カティンの鳥たち」が、
第19回開高健ノンフィクション賞の最終候補となった
(本作『カティンの森のヤニナ——独ソ戦の闇に消えた女性飛行士』の
刊行にあたり、大幅に加筆・修正)。

カティンの森のヤニナ
独ソ戦の闇に消えた女性飛行士

2023年3月20日　初版印刷
2023年3月30日　初版発行

著　者　小林文乃

発行者　小野寺優
発行所　株式会社河出書房新社
〒151-0051　東京都渋谷区千駄ヶ谷2-32-2
電話　03-3404-1201（営業）　03-3404-8611（編集）
https://www.kawade.co.jp/

装　丁　アルビレオ
組　版　株式会社亨有堂印刷所
印　刷　株式会社亨有堂印刷所
製　本　小泉製本株式会社

Printed in Japan　ISBN978-4-309-03097-5